봉사하는 사람이
많이 생겼으면 좋겠다

봉사하는 사람이 많이 생겼으면 좋겠다

초판 1쇄 인쇄 2024년 6월 20일
초판 1쇄 발행 2024년 6월 30일

지은이 이진혁

펴낸이 우세웅
책임편집 정아영
기획편집 김휘연
콘텐츠기획·홍보 김세경
북디자인 이유진

종이 페이퍼프라이스㈜
인쇄 유성드림

펴낸곳 슬로디미디어
신고번호 제25100-2017-000035호
신고연월일 2017년 6월 13일
주소 경기도 고양시 덕양구 청초로66, 덕은리버워크 지식산업센터 A동 15층 18호

전화 02)493-7780 | **팩스** 0303)3442-7780
전자우편 slody925@gmail.com(원고투고·사업제휴)
홈페이지 slodymedia.modoo.at | **블로그** slodymedia.xyz
페이스북·인스타그램 slodymedia

ISBN 979-11-6785-208-3 (03810)

2,000명의 청년들과 함께 50억 원을 기부한 봉사 이야기

봉사하는 사람이 많이 생겼으면 좋겠다

이진혁 지음

SEOLREM
설렘

프롤로그

봉사 : 받들어 섬기다

봉[奉] : 받들 봉
사[仕] : 섬길 사

봉사, '받들어 섬기다.' 누군가를 사심 없이 받들어 섬기는 것은 단연코 쉬운 일이 아니다. 그런 고난의 업무가 바로 '봉사'다.

내가 봉사에 관한 이야기를 꺼내게 된 이유는 교과서대로 사는 사람들이 좀 더 존경받을 수 있는 세상이 되었으면 해서이다. 지금은 도덕 교과서처럼 산다고 하면 나이 지긋한 어르신들조차 나를 '현실감각이 없는 젊은이'라고 지적할 것이며, 또래들에게는 '노잼'으로 평가받을 것이다. 그만큼 우리 사회에서 도덕성을 추구한다는 것은 저축을 통해 재테크를 하는 사람들마냥 바보 같은 일이 되어버렸다.

나는 딴따라였다. 봉사에 관한 책을 쓸 만큼 품위가 단정하고 성정이 고매한 사람은 결코 아니다. 오히려 껄렁껄렁한 친구들과 어울리며 성장했지만, 운 좋게 그쪽으로만 빠지지 않았을 뿐 세상의 눈치를 살피고, 트렌드에 민감하게 편승하면서 생계를 유지해온 영상제작자였다. 그나마 내세울 것이 있다면 연세대학교를 졸업하고, 내가 만든 영화가 극장에 걸렸고, KBS에서도 방영된 적이 있다는 것이다. 하지만 사실 대학조차도 너무 늦은 나이인 32살에 입학을 했고, 영화도 정부의 다양성 영화 지원 시책에 맞아떨어져 의무상영에 가까운 형태로 멀티플렉스 특수관이나 예술영화관 등지에서 며칠 상영되었던 무명의 감독일 뿐이다.

그럼에도 불구하고 책을 쓰게 된 이유는 나는 봉사를 통해 명백히 좀 더 나 자신에게 떳떳한 사람이 될 수 있었기 때문이다. 또한 작금의 도덕교육이 무용지물인 것이 사실이고, 그렇다고 더 나은 대안이 발견되지도 않았던 터에 봉사활동이 실질적으로 나를 포함한 여러 사람들에게 윤리적 변화를 일으킨 것을 목격하였기 때문에 과감히 펜을 들게 되었다. 하지만 정작 봉사에 관한 디테일한 정보는 어디를 가도 찾아보기 힘들었다. 그것은 내가 봉사의 세계에 처음 발을 내디뎠을 때 느낀 문제점이었는데 그 엉킨 실타래는 아직도 풀리지 않았다.

다행히 '봉사'라는 삶의 양식 그 자체는 우리나라에서도, 또 세계적으로도 점점 중요해지고 확장되어 가고 있는 분야이다. 영국의 다이애나비가 아프리카의 빈민촌을 방문하여 HIV 감염자와 그 자녀들을 품에 안는 모습은 "가벼운 접촉만으로도 에이즈에 감염될 수 있다"는 당시 세상의 편견과 그릇된 인식을 바로잡는 계기가 되었을 뿐만 아니라 봉사라는 것이 한 사람의 품격을 얼마나 높여줄 수 있는지에 대해서도 세상에 각인시킨 사건이었다.

통계청에 따르면 지난 1년 동안 자원봉사 활동에 참여한 경험이 있는 국민들의 비율이 1999년에는 약 13%에서, 2013년에는 약 20%로 크게 증가하였고, 활동의 내용도 예전보다 전문화되고 있다. 다만 2020년 전후 팬데믹이라는 전대미문의 사태로 인해 전국의 모든 봉사활동 프로그램이 중단되었는데, 최근에는 다시 서서히 증가 추세에 있다.

무시하기 힘든 비율의 사람들이 봉사를 하려는 이유는 무엇일까? 봉사를 하려는 욕구가 존재한다는 것은 인간이 이타적인 동물이라는 것을 보여주는 증거일까? 하지만 나는 성선설을 믿는 사람이 아니기 때문에 이러한 현상의 원인이 본능적인 것이라기보다는 시대상의 변화에 따른 매력적인 인간상이 재조명된 결과라고 보고 있다. 과거보다 봉사를 하는 사람이 더욱 그럴듯해 보이는 것이다.

한국은 1970년대까지 과거의 유교 문화에서 크게 벗어나지 못하고 있었다. 1960년대 경제 개발 5개년 계획을 통해 경제가 성장하고 있었지만 이제 막 기지개를 켜는 시점에서 전통적인 가치관에 영향을 주기엔 충분하지 않았다. '과거시험'으로부터 유래된 '공부 잘하는 사람'에 대한 선호는 유교 문화의 대표적 산물이다.

1970년대 서울대 법과대학 재학 중에 사법시험을 최연소로 합격하고 거기에 더해 외무고시를 차석으로, 행정고시는 수석으로 합격하여 고시 3관왕 타이틀을 획득한 고승덕 변호사는 말 그대로 원하는 것은 무엇이든 얻을 수 있는 사람이 되었다. 그는 포스코 창립자인 박태준의 차녀와 혼인했으며, 웬만한 스타들보다도 방송에 자주 출연해 손쉽게 국회의원도 될 수 있었다. 그 당시 한국 사회에서는 공부 잘하는 사람이 곧 최고의 배우자감이었다.

고시 합격자가 나온 마을에는 플래카드가 걸렸고, 사법연수생 명단을 확보하는 것이 잘 나가는 중매쟁이의 비결이었다.

하지만 80년대 이후 이 흐름에 변화가 왔다. 각 가정에 컬러텔레비전이 보급되면서 화면 속 출중한 외모의 배우들을 동경한 사람들이 외모에 더 많은 관심을 가지기 시작한 것이다. 성형수술과 코스메틱 시장도 붐이 일기 시작했다. 그렇다고 '공부 잘하는 사람'의 가치가 사라진 것은 아니었다. 오히려 매력적인 인간상의 조건에 하나 더 추가된 것이었다.

2000년대에 들어서는 여기에 하나의 조건이 더 추가된다. 바로 '운동하는 사람들'이었다. 누가 시키지도 않았는데 하루에 두 시간씩 무거운 쇳덩어리를 들었다 놓기를 반복하는 사람이 더 인기를 끈다는 이야기는 70년대 사람들은 상상도 할 수 없는 일이었다. 그러니까 현대 한국인들은 '공부 잘하고, 예쁘고, 잘생기고 몸도 만들고, 악기도 하나쯤 다룰 줄 알아야' 30년 전 공부 하나만 열심히 했던 사람과 간신히 비슷한 평가를 받을 수 있게 되었다. 그런데 그것만 해도 억울한데 거기에 또 마지막으로 '봉사'라는 조건이 추가되었다. 쉽게 말해 약자를 배려하는 인성 분야라 생각하면 되겠다.

차인표, 신애라 부부가 미국 정치인들과 연예인들만 봉사활동을 하는 게 아니라는 것을 TV 화면을 통해 보여준 이후 한국의 정치인과 연예인들은 비영리단체 조끼를 입고 봉사를 하는 모습을 경쟁적으로 내비치기 시작했다. 이러한 현상은 가속화되어 최근까지 이어지고 있다. 그리고 그런 것들이 오히려 정쟁의 대상이 되기도 한다.

2022년 11월에는 김건희 여사가 캄보디아 프놈펜에서 심장질환을 앓고 있는 소년을 안고 있는 사진이 영국의 영화배우 오드리 햅번이 1992년 소말리아에서 봉사활동을 하다가 찍힌 유명한 사진과 구도가 지나치게 비슷하다며 야당 의원이 문제 제기를 한 적이 있을 정도이다.

한 가지 확실한 것은 봉사활동이 현대인들의 보편적인 선택지 중에 하나가 되었고, 앞으로도 더 큰 영역을 차지하게 될 것이라는 점이다. 그러나 최근 봉사참여의 증가가 국민 전체에서 고르게 이루어지는 것은 아니다. 봉사참여율이 20세 미만의 학령인구를 중심으로 가파르게 증가한 사실이 이를 뒷받침한다. 이는 정부의 행정 편의주의로 인해 학생들의 봉사시간을 수치화해서 평가하는 일들이 많아진 결과다. 하지만 봉사활동이 사회지도층이나 유명인사들에게 필수적인 것이 되어가는 분위기와 달리 서민들에게는 그다지 중요한 사항이 아니다. 그리고 2017년 어금니 아빠 이영학 사건으로 기부자들이 큰 배신을 느껴 모금시장이 쪼그라든 것처럼 정치인들의 보여주기식 봉사와 학생들에게 할당된 억지 봉사는 봉사활동 분야 전체를 위험에 빠뜨리고 있다.

그렇다면 결국 봉사활동은 국민들의 냉소적인 시선 속에 도외시되고, 이에 아랑곳하지 않는 소수의 신실한 신앙인들의 전유물로밖에 남지 않을 것인가?

봉사에 대한 이러한 이야기는 우리 사회 모든 범죄의 근간이 되는 개인 도덕성의 회복과 관련된 질문에 맞닿아있다. 한 달에

한 번 장애인 복지관에서 봉사를 하는 가정에서 성장한 사람이 있다면 그는 따로 교육을 받지 않아도 장애인 주차구역에 함부로 차를 대지 않을 것이다. 물론 불법 주차를 묻지마 칼부림 사건과 같은 중범죄의 연장선상으로 보기에는 간극이 너무 크지만, '바늘도둑이 소도둑 된다'는 구전 속에 담겨있는 우리 선조들의 지혜를 의미심장하게 되새겨 볼 필요는 있다. 흉악범, 즉 소도둑들을 무조건 정신병 환자로 몰고 '상황상 어쩔 수 없는 일이었다'라고 설명하고 마는 것이 우리의 마음은 더 편하게 해줄 수 있을지 모르지만 그건 해답이 아니다. 점점 더 끔찍한 범죄가 발생하고 있는 것을 보면 우리 사회에 무슨 문제가 있는 것은 분명하다.

한 연구조사에 따르면 1998년에 비해 2023년 사람들의 애국심은 32%, 신앙은 33% 감소하였다. 종교에는 여러 가지 기능이 있지만, 그중 도덕성 강화와 같은 핵심적인 기능을 담당해 왔었다. 또한 핵가족화, 더 나아가 1인 가구화가 되면서 가정 내 교육을 맡아줄 어른의 존재도 없어졌다. 이러한 변화들이 잘못된 것은 아니지만, 이로 인해 발생한 부재를 메꾸지 못한 채 다음 단계로 넘어가 버렸다. 그래서 공적으로는 더욱 공정하고 더욱 평등한 사회가 되었음에도 가장 사적인 인터넷 커뮤니티 세계에서는 그 어느 때보다 더 차별적이고 혐오스러운 글이 게시되고 있는, 이중적인 시대가 도래해버리고 말았다.

내가 봉사활동을 하고 나서 일어난 변화에 대해서 이야기할 때 주변 사람들이 항상 하는 소리가 있다. "그런 쓸데없는 것 하지 말고 네 앞길이나 챙겨라. 내가 가까운 사람이니까 하는 말이야. 겉으로는 멋지다고 말해줄지 몰라도, 다른 사람들은 네가 봉사 얘기하는 거 관심 없어. 봉사 다니는 사람들 대부분 너처럼 진심도 없이 그저 괜찮은 여자나 만나볼까 하고 기웃거리는 거야."

나는 한때 이들의 말에 극렬하게 반대했고 절실하게 아니기를 바랐다. 그러나 경험은 혹독한 스승이라더니, 진심에 대해서 이러쿵저러쿵 이야기해 봐야 현실은 그렇지 않다는 사실을 신랄하게 가르쳐주었다.

경북 영주에서 홀로 장애를 가진 손주 둘을 키우고 있는 할머니를 위한 가정 방문 봉사를 갔을 때 일이었다. 5명의 봉사자들이 함께 방문해서 3명은 아이들과 놀아주고, 나와 다른 한 명은 할머니의 건강이나 경제적 문제를 알아보기로 했었다.

"이것 좀 드시고 하세요."

할머니는 젊은이들이 먼 곳에서 오느라 고생했다며 우리들에게 시원한 물을 컵에 담아 요구르트와 함께 하나씩 대접했다. 그런데 막상 방금 전까지 덥고 목말라서 짜증이 난다던 여학생은 할머니가 건넨 물과 요구르트에 기겁을 했다. 불결하다고 생각했기 때문이었다. 할머니가 재차 권유하자 그녀는 황급히 작은 방으로 도망을 갔다. 수수하고 활동하기 편한 복장으로 참석하라는 공지에도 불구하고 화려하게 차려입고 등장한 여학생은 그 집안의 어떤 물건에도 닿지 않으려고 하였고, 심지어 의자에도 앉지 않고 봉사가 끝날 때까지 어정쩡하게 서 있었다.

봉사 출발 집합 시간에 45분이나 늦고도 사과 한마디 하지 않은 남학생은 처음 보는 사람이었다. 현장에 도착하면 그는 나와 함께 안방에서 보호자 인터뷰를 하기로 되어있었다. 그런데 틈만 나면 자꾸 아이들과 놀아주기로 한 여성 봉사자들이 있는 작은 방으로 가서 말을 걸었다. 여성 봉사자들이 반응을 해주지 않자 그는 곧 중요한 약속이 있다며 먼저 집에 가겠다고 했다. 우리가 봉사를 시작한 지 고작 30분이 지난 시점이었다. 그 남학생은 결국 봉사단에서 제명 조치를 당하였다. 하지만 그는 제명당한 뒤로도 봉사단장에게 계속 무리한 요구를 반복했다. "아무리 봉사활동 시간이 짧다고 해도 봉사활동 확인서는 발급해 줘야 하는 거 아니에요?"라는 말과 함께. 비단 이 학생들뿐만이 아니었다. 봉사활동을 하면서 수없이 많은 상식 밖의 사람들을 목격할 수 있었다.

봉사동아리에 가입한 사람들은 대체로 친절한 사람들이었지만 그중 일부는 도덕적 우월감을 가지고 그것을 무기 삼아 타인에게 휘둘렀다. 심지어 사회적 약자들에게도 예외는 아니었다. 이를테면 '장애우'나 '탈북자'와 같은 단어를 함부로 꺼냈다가는 사달이 났다. 탈북자 본인이 북한에 두고 온 어머니를 떠올리며 눈물짓는 도중에도 '북한이탈주민'으로 꼬박꼬박 정정해 주는 사람도 있었다. 특히 장애인, 장애우, 비장애인, 일반인 이 네 단어를 둘러싼 윤리적 공방은 최신 트렌드를 모르면 전공자들이라고 해도 대응할 수가 없었다. 어느 날에는 '장애인'이 써서는 안 될 단어가 되었다가 또 다른 날에는 '장애우'가 쓰면 안 되는 단어가 되어있었다. '일반인'과 '비장애인'은 둘 중 어떤 단어를 선택해도 항상 리스크가 있었다. 그런 범주의 개념을 일체 머리에 떠올리지 않는 것이 최선이었다. 사회에서도 이런 사람들을 가끔 만나긴 하지만 봉사동아리에서는 좀 더 높은 확률로 마주치게 된다.

봉사에 대해서 이야기를 하고자 했을 때 이러한 사례들을 밝혀야 할지 말아야 할지 많은 고민을 했다. 인기 있는 스탠딩 코미디언들이 외치듯이 '착한 척은 때려치우고 인간의 이기적 본성을 받아들이고 쿨하게 살아가라'는 삶의 태도를 강화하는 길이기 때문이다.

맞는 말이다. 그러나 그것이 내가 이 책에서 내리고자 하는 결론은 아니다. 이 책은 불완전한 사람들이 불완전한 대로 살아가는 이야기이며, '밑 빠진 독에 물 붓기'라는 것을 알면서도 성실히 물을 채우는 사람들의 이야기이다. 봉사 현장에서 내가 목격한 것들은 유명 연사들이나 유튜버들이 말하는 방식처럼 '사이다'스러운 것은 거의 없다. 우리 주변에서 흔히 볼 수 있는 사람들은 우연한 계기로 별 뜻 없이 봉사를 시작하며 쉽게 그만둔다. 봉사자들로부터 도움을 받은 수혜자들은 감사함을 표하기는커녕 혜택이 이 정도밖에 안 되느냐고 핀잔을 주기도 한다.

이 책에서는 우리 주변에서 흔히 볼 수 없는 희생적인 인물들이 나온다. 그들을 미화하려는 것은 아니지만 내 딴에는 있는 그대로 쓴 것이 지나치게 영웅시된 것으로 느껴진다면 미리 사과하고 싶다. 내가 만났던 그 어떤 위대한 인물도 오래 관계를 맺었을 때 완벽한 사람은 없었다. 다만 그 기간이 짧았거나 같이 생활해보지 않았던 사람들에게는 좋은 추억만 남아있을 수 있다. 그러나 나는 기본적으로 인간관계가 매우 좁은 사람이다. 가족 외에는 특별한 용무가 아니고서 연락하고 지내는 사람이 거의 없다. 그런 것을 보면 나도 그렇게 사람을 좋아하는 편은 아니라는 것을 알 수 있다.

봉사자와 수혜자를 비롯하여 긍정적인 이야기만 담긴 몇몇 인물들을 제외하고는 모두 가명을 썼다. 인물을 특정 지을 수 있는 지명과 배경도 바꾸어 적었다. 하지만 내가 경험한 감정선과 중심 사건의 인과관계에는 영향을 받지 않도록 그 외의 요소들은 최대한 사실적으로 묘사하였다.

'봉사'라는 이야기를 시작했을 때는 '봉사활동을 하는 것이 중요하고 더 많은 사람들의 참여가 필요하다'는 생각으로 봉사자들이 도덕적으로 더 우월하다거나 봉사를 하지 않는 사람들이 나쁘다고 주장하기 위함이 아니었다. 다만 내가 아파봐야 다른 사람의 아픔을 이해하듯이, 우연히 봉사를 시작했던 내가 깊이 빠져들게 된 경험을 사실적으로 기록하면 누군가는 자연스럽게 봉사에 빠져들 수 있지 않을까 하는 마음으로 첫 문장을 쓰기 시작했다. 그리고 길게 이어진 나의 글이 더 많은 이들에게 '봉사'라는 단어가 가진 고리타분하다는 선입견에 작은 균열을 일으킬 수 있기를 바란다.

저자 이진혁

차례

3. 봉사들

4. 모금과 기부

5. 취약계층 봉사

6. 특이 봉사

7. 봉사의 이면

에필로그

1.

봉사의 시작

서울시 관악구 봉천4동

내가 기억하는 첫 번째 주소이다. 봉천동은 예로부터 못사는 동네로 유명했다. 친구들은 관악산 비탈에 세워진 집에서 살았으며 동네에서 평지란 것은 존재하지 않았다. 그래서 여기가 '산동네'라고 하면 왜 그러한 명칭이 붙여졌는지 누구나 직관적으로 알 수 있었다. 하지만 '달동네'라는 또 다른 별칭은 그다지 직관적이지 못했다. 바로 옆의 구로공단 때문인지 우리 동네는 달 자체를 제대로 볼 수 없을 정도로 하늘이 항상 매캐했다. 그럼에도 불구하고 나는 이때가 좋았다.

우리 집은 상가건물 2층에 있었는데 출근하는 아버지의 뒷모습이 사라질 때까지 높은 창틀에 기대어 바라보는 것이 그렇게나 재미있었다. 커튼을 젖히면 마룻바닥으로 쏟아져 들어오는 햇살에 먼지가 반사되어 반짝거리는 것도 좋았다. 그러한 시각적인 것에 끌렸기 때문에 내가 영화를 하게 된 것인지도 모른다. 그런데 '그 집' 하면 떠오르는 가장 좋은 기억은 집안에 화장실이 있다는 것이었다. 다음 이사 간 집부터는 화장실이 없었기 때문이다.

대한민국 경제가 한창 호황일 때라 친구들은 더 좋은 곳으로 이사가는데 우리 집만 자꾸 더 작고 어두운 곳으로 옮기는 것이 무언가 잘못되어도 한참 잘못되었다는 사실을 직감했다. 8~9가구가 같이 쓰는 야외화장실은 큰일을 보고 나서 바가지로 물을 부어 뒤처리를 해야 했다. 상황이 이런 데도 어머니는 내게 별다른 설명이 없었다. 그것은 어릴 적에 내가 항상 가졌던 불만이었다.

"묘심 스승이 이야기하는데 2~3년만 버티면 좋아질 거란다. 2000년대 초에 길운이 있대."

묘심은 어머니가 다니는 철학관의 법사였다. 어머니는 순흥 안씨들만 모여 사는, 근래에는 보기 드문 집성촌 종갓집에서 장녀로 자랐다. 그러다 보니 예절과 법도에 아주 엄격한 사람으로 성장했다. 하지만 주자학이니 팔자니 하는, 나로서는 도통 이해할 수 없는 동양 문화의 주술적 믿음도 그러한 성장배경으로 인해 함께 지니게 되었다는 것이 문제였다. 그렇지만 나는 그 사주팔자를 믿고 싶었다. 이성에 등을 돌리고 모르는 척 한 번만 믿어보면 마음이 편해질 것 같았다. 집안일이 곧 잘 풀릴 거라는 묘심 스승의 말을 믿고 싶었나 보다. 하지만 내 기대와는 달리 상황은 점점 더 나빠져만 갔다. 더 이상 출근을 하지 않는 아버지가 어머니랑 싸우면 반드시 내 내신성적 문제로 불똥이 튀었다.

사실 처음에는 내가 시험을 잘 못 본 것이 진짜 문제라고 생각했다. 하지만 지금에 와서 생각해 보면 실상은 그런 것이 아니었다. 돈을 버는 사람이 하나도 없는 집에 빚이 7억 원이나 생겼으니 그 집안 구성원들의 기분이 좋을 리가 없었다. 내 성적도 객관적으로는 그리 나쁘지 않았다. 반에서는 2등이고 전교에서는 10등 언저리에 있었다. 그럼에도 불구하고 방구석에서 하루도 빠짐없이 술잔을 기울이는 아버지는 나를 더 강력하게 밀어붙였다. 하지만 강압적으로 해서 될 일이 아니었다. 얼마 지나지 않아 나는 세 자리의 등수가 찍힌 성적표를 들고 왔다. 그날 아버지는 피가 철철 나도록 벽에다가 자신의 머리를 마구 찧었다. 어머니가 나를 대신해 울면서 사과했다. 그제서야 아버지는 하던 행동을 멈추었다. 이런 집이 오래 유지될 수는 없었다. 어머니가 먼저 집에서 나갔고 나는 다른 집에 맡겨졌다.

최근에 인터넷 커뮤니티에서 금천구, 관악구, 구로구 이 3개의 서울 시내 저소득 자치구를 묶어서 '금관구'라고 따로 부르는 멸칭이 있다는 것을 알게 되었지만, 나는 크게 놀라지 않았다. 우리 동네 사람들은 자신의 지역이 어떤 지역인지, 서울 시내 다른 지역 사람들이 어떻게 바라보는지 누구보다 잘 알고 있었다. 내 생에 처음으로 기억했던 주소지인 봉천 4동은 주민투표를 통해 청룡동으로 이름이 바뀌었으며, 두 번째로 외운 집 주소이자 가족이 함께 살았단 마지막 동네인 신림 4동은 신사동으로 이름이 바뀌었다. 강남구 신사동에서는 2008년 관악구가 '신사동'이란 명칭을 쓰지 못하도록 법원에 가처분신청을 내었으나 기각되었다.

고등학교 생활은 더 끔찍했다. 나는 강남 8학군의 상문고등학교[1]로 배정이 되었다. 그런데 내가 덜컥 학급회장으로 선출되었

---

1) 상문고등학교 : 네이버 창업자 이해진의 출신 학교로 유명한 서초구의 명문사립고등학교이다.

다. 출신 중학교별로 아이들의 표가 갈린 탓에 어디에도 속해있지 않던 내가 어부지리로 당선이 된 것이다. 그런데 나는 반쯤 고아 상태였기 때문에 당연히 당선 턱으로 학급 전체에 빅맥 세트를 돌릴 형편도 되지 않았다.

선거가 끝난 후 담임선생님이 나와 부회장을 교무실로 호출하였다.

"작년까지는 학급회장 500, 부회장 300이었다."

"네?"

나는 그 의미를 이해 못 해 되물었다.

"작년까지는 그랬다고. 그런데 올해부터는 자율이다. 너희들은 참 운도 좋아. 집에 가서 부모님께 그렇게 말씀드려라."

담임선생님은 며칠이 지나도 자신의 생각대로 일이 진행되지 않자 당황한 듯 보였다. 그는 자신의 불만을 직설적인 방법으로 표출하는 대신, 수업 시작시 단체인사를 학급회장이 아닌 학급부회장이 진행하는 방식으로 먼저 바꾸었다. 그래도 여전히 문제가 해결되지 않자 그는 두 번째 방법을 동원했다. 학우들 앞에서 나를 조롱하는 것이었다. 그는 틈만 나면 그랬고, 아이들은 늘 그렇듯이 어른이 하는 행동을 그대로 따라 했다. 결국 나는 학교를 그만두기로 결심했다.

학교를 떠난 이후로도 민수와는 종종 어울렸다. 우리 사이에서는 그런 것들이 크게 문제가 되지 않았다. 민수네 집은 밤새 비어있어서 놀기 좋았다. 민수 아버지는 중고차 딜러로서 차를 파는 것보다는 판매용 벤츠를 몰면서 여자를 만나는 데 더 많은 시간을 쓰는 사람이었다. 민수와 나는 교감이 있었다. 집안 꼴에 상식이란 게 존재하지 않는다는 점이 비슷했다. 그래도 우리는 크게 나쁜 쪽으로 빠지지는 않았다. 우리는 종종 델몬트 병을 판 돈을 모아서 토스트를 만들어 먹곤 했다. 계란프라이 하나, 슬라이스 치즈 하나, 그리고 설탕과 케첩이 전부였지만, 세상에 그보다 맛있는 음식은 없는 것 같았다. 빕스 같은 패밀리레스토랑을 가는 친구들 이야기도 듣긴 했지만 그게 무슨 맛인지를 모르니 크게 부러울 것도 없었다.

민수는 졸업하고 육체노동에 종사했다. 담임선생님이 좀 더 괜찮은 사람이었다면 민수와 내 삶은 달라졌을까? 아마 그랬다면 시간은 좀 더 벌 수 있었겠지만 선생이 제아무리 훌륭해도 어차피 개인이 해결할 수 있는 문제는 아니었다. 우리 문제는 우리를 둘러싸고 있는 사회 문제의 일부였다. 민물에 살아야 되는 물고기를 바다에 풀어준 셈이다. 그게 우리같이 되도 않는 배경으로 8학군 문화를 경험해 본 사람들의 보편적인 생각이었다.

서초구 방배동에 위치한 사립고등학교인 상문고등학교는 1994년 학생부 성적 조작과 공금횡령이 적발되어 교장 상춘식과 그의 아내인 이사장 이우자가 구속되었다. 그러나 처벌 이후 2년이 지나면 다시 학교로 복귀할 수 있다는 당시 사립학교법의 조문에 근거하여 2000년 복귀하였다.

노이즈 캔슬링

내 생애 가장 비참했던 경험은 호프집에서 아르바이트를 했을 때의 일이었다. 호프집에서의 내 역할은 주로 음식물 쓰레기를 치우는 일이었다. 손님이 아주 많으면 서빙도 하지만 대부분 테이블을 치우고 음식물 쓰레기를 분류해서 드럼통에 모으고, 통이 다 차면 그걸 다시 밖에다 갖다 버리는 순서의 반복적인 일이었다. 그러던 어느 날 한번은 드럼통을 들고 홀을 지나가다가 그만 엎어뜨리고 말았다. 뚜껑이 열린 드럼통에서는 맹렬한 속도로 내용물이 새어 나오고 있었다, 이 역겨운 내용물이 홀 바닥에 모두 쏟아지면 하루 영업은 나 때문에 망할 것이 분명했기에 음식물 쓰레기가 1/4쯤 쏟아졌을 때 나는 온몸으로 드럼통 입구를 막고 팔로 바닥에 흐른 내용물을 사정없이 쓸어 담기 시작했다.

"어머나, 저 사람 봐."

"여기선 저렇게까지 일을 시키는 거야?"

여기저기서 사람들이 웅성거리는 소리가 들렸다.

"우웅, 우웅, 우웅."

나는 웅웅거리는 소리를 내어 정확한 단어가 내 귀에 들리지 않도록 했다.

역설적이게도 이런 경험들은 창작물을 만드는 데에는 오히려 큰 자산이 되었다. 중졸 청년노동자의 무기력한 일상을 묘사한 영상이 역대 최대 규모의 영상 공모전에서 우승을 한 것이다. 우승 상금은 1억 원이었다. 나는 그 돈을 바탕으로 늦게나마 수험생활을 시작할 수 있었다. 나는 내게 기회가 주어진 것이 참으로 감사했다. 그렇게 고졸 검정고시를 보고 대입을 준비하여 사회복지학과로 입학을 하였다. 32세가 되던 해였다.

재능기부를 시작하다

"이진혁 감독님 맞으신가요?"

한창 학업에 열중하고 있을 무렵 비영리단체인 하트하트재단으로부터 전화를 받았다. 소외계층을 위한 영상을 만들고 싶다는 내 방송 인터뷰를 보셨다고 했다. 그런 마음이 전혀 없이 한 이야기는 아니었지만 실제로는 여태껏 나를 위해서만 살아왔기 때문에 조금은 부끄러웠다. 하트하트재단의 이영고 과장은 다행히 내 민망함을 눈치채지는 못한 것 같았다.

"심하게 다친 영아가 있는데 혹시 촬영을 도와주실 수 있는지요?"

이영고 과장이 부탁한 것은 일종의 재능기부 봉사였다. '재능기부자'란 비영리·공공·사회복지 영역에서 필요로 하는 역할 중 전문성이 요구되는 역할을 무료로 대신해 주는 전문가들을 말하는 것이다. 그래서 재능기부 봉사라 하면 사전 지식 없이 누구나 쉽게 참여할 수 있는 일반적인 봉사들보다 진입장벽이 높기에 봉사자들 사이에서는 더 명예로운 자리로 여겨진다. 듣기에도 좋았다. 재능을 가지고 있다는 것이 공인된 것이나 다름이 없기 때문이다. 하지만 그만큼의 반대급부로 재능기부 봉사에는 위험성도 숨어있다. 그것은 바로 자원봉사 수요처[2]가 전문가를 재능기부자라고 추켜 올려 세워주고는 정당한 임금을 지불하지 않고 자신들의 업무를 짬짜미시키는 수단으로 사용되는 경우도 비일비재하기 때문이다. 그래서 재능기부 봉사를 할 때는 다음 사항을 체크해 볼 필요가 있다.

나의 재능기부로 인해 최종적으로 혜택을 보는 사람/단체가 누구인가?

'우리를 돕는 것이 약자들을 돕는 것이나 다름없다.' 어떤 한 시니어 비영리단체로부터 나는 정확히 같은 말을 들은 적이 있다. 그런데 수요처에게 직접적으로 혜택이 돌아가는 봉사활동은 가급적 피하는 것이 좋다. 비영리재단은 이사장이 정치적인 목적으로 운영하는 경우도 많고, 또 돈벌이 수단으로 눈먼 정부 보조금을 타내기 위해 단체를 설립한 경우들도 있다. 물론 그렇지 않은 경우도 있지만 우리는 봉사활동 수요처의 내부사정을 속속들이 파악할 마땅한 방법이 없으니 우선은 나의 활동으로 인해 누가 혜택을 보는지가 명확하게 파악되는 봉사활동 프로그램에 참여하는 것이 옳다. 우선 그렇게 봉사활동을 시작하고 나서 오랫동안 한 곳에서 꾸준히 하게 되면 속사정을 정확히 판단할

---

2) 자원봉사 수요처 : 지역사회에서 자원봉사자에게 업무적인 도움을 받고자 하는 비영리기관, 공공기관, 사회복지시설, 기타 공익단체를 말한다

수 있게 되는 때가 온다. 그때 그 수요처를 위한 재능기부 활동을 시작해도 늦지 않다.

만약 중증 소아암협회에서 미술전공자를 모집해서 갔더니 로고를 재능기부로 디자인해달라고 요청한다면 어떤가? 아마도 이 경우는 정상적인 봉사활동 프로그램이라고 보긴 어려울 것이다. 왜냐하면 재능기부 봉사자는 애초에 중증 소아암 환자들을 돕고자 하는 마음으로 지원한 것이지 협회를 도우려고 지원한 것이 아니기 때문이다. 물론 그런 기관들에서는 전형적으로 앞서 언급한 바와 같이 이야기한다. '우리를 돕는 것이 약자들을 돕는 것이나 다름없다.'

또 유의해야 할 점이 있다. 봉사활동 프로그램에 참여하다 보면 참가비가 발생하거나 자택에서 먼 곳이라 교통비가 든다거나, 종일 진행하는 프로그램이어서 일하는 도중 식사를 해결해야 된다거나 하는 경우들이다. 이럴 때 수요처에서 비용을 보전해 주지 않는다면 이는 재능기부 또는 노력 봉사의 영역을 넘어선 금전적 기부의 영역이라고 볼 수 있다. 재능기부만 생각하고 온 봉사자들에게 봉사활동에 수반하는 금전적인 비용 부담을 전가시키는 수요처가 있다면 해당 봉사 프로그램에 대한 참여는 재고해 볼 필요가 있다. 단, 자부담 금액이 사전에 고고지되어 있었거나(작은 글씨로 보험 약관처럼 눈에 띄지 않는 곳에 적어두는 눈속임을 하는 곳은 조심하여야 한다) 봉사자들이 직접 기획한 봉사 프로그램이라면 이에 해당되지 않는다.

세준이의 작고 여린 몸에 생긴 엄마의 죄책감

"비용이라면 저희가 약소하지만 실비 선에서 지급해 드릴 수 있을 것 같습니다."

이영고 과장이 말했다. 너무 부담스러운 제안이면 어떻게 해야 하나 고민했었지만, 경비를 지원해 준다니 결정을 내리기가 한결 편해졌다. 더욱이 한여름에 부산 여행이라면 더욱이 마다할 이유가 없었다. 오랜만에 바닷바람도 쐬고 싶었다. 더구나 이 시간을 번다 한들 더 가치 있는 시간을 보낼 수 있을 것 같지도 않았다.

하나병원은 부산역에서 좀 떨어진 장림동이라는 인적이 드문 지역에 있었다. 병원 앞에는 공장지대를 가로지르는 커다란 도로가 있었지만 다니는 차들에 비해 도로가 지나치게 넓었다. 정류장 건너편으로 가기 위해 아무도 없는 횡단보도에 나 혼자 서게 되었을 때 약간의 슬픔과 공허함이 엄습했다. 지방소멸 위기라고 하는 소식들은 이러한 분위기를 더욱 부채질했다. 지하철이 끊기고 24시간 운영하는 맥도날드에서 혼자 밤을 새웠을 때의 그런 기분이었다. 이런 기분은 참 오랜만이었다. 오늘 방문한 목적에는 기분전환도 있었는데 시작부터 이런 기분을 느끼게 될 줄은 몰랐다. 아마도 숭고한 일을 하는데 가벼운 마음으로 온 것에 대한 일말의 죄책감이 무의식 중에 있었을지도 모르겠다는 생각을 했다. 참 바보 같았다. 순수한 마음이란 세상에 존재하지 않는 것임을 깨달은 지가 언제인데, 이제서야 유난인가 싶었다. 어쨌든 건물은 찾기 쉬웠다. 콘크리트 회색 풍경 사이에서 홀로 색을 입힌 녹색 십자가 표식이 금방 눈에 들어왔다.

"먼 길 와주셔서 정말 감사드려요."

김영희 복지사 선생님은 매우 친절했다. 병원에는 의료진뿐만 아니라 환자와 환자 가족의 정서적인 측면과 의료진과의 소통을 담당하는 의료사회복지 전문가들이 있다. 중증의 환자 가족들은 치료비와 더불어 간병을 하는 가족들의 출근 문제로 상당한 경제적 부담을 지게 될 수밖에 없다.

세준이는 세상에서 가장 축복받아야 할 돌잔치를 병상에서 맞았다. 어머니가 설거지를 하는 사이에 싱크대 밑에서 놀던 세준이가 갓 끓인 국 냄비 아래에 깔려있던 앞치마를 잡아당겨 큰 화상을 입은 것이다. 엎친 데 덮친 격으로 세준이의 아버지는 현대자동차의 하청업체에서 일을 하다가 그만 해고를 당하고 말았다. 이런 일은 너무나 자주 일어나기 때문에 규모 있는 병원들은 이 문제를 따로 전담할 담당 부서를 꾸리고 있다.

세준이의 사례를 내가 맡게 된 것은 하나병원의 김영희 선생님이 전국을 수소문한 끝에 하트하트재단의 어린이 의료지원사업 공고를 찾아내었기 때문에 가능한 일이었다. 의료기관 담당자가 모두 이런 식으로 환자를 관리하는 것은 아니다. 매일 새로 발생하는 환자들의 사연은 하나 같이 기구하지 않은 것이 없어서 일일이 감정을 이입하다 보면 얼마 못 가 스스로 무너지고 만다. 감정이 없는 것처럼 보이는 교사들과 공무원 그리고 1분 만에 진료를 끝내는 의사들처럼 자신과 가족을 지키려면 어떻게 살아야 하는지 서둘러 깨닫지 않으면 안 되는 환경에 놓여있는 것이다.

김영희 선생님은 바닷바람에 이끌려 나타난 내게 연신 굽신거리면서 잘 좀 부탁드린다는 말씀을 반복해 나를 곤란하게 만들었다. 사전에 이번 사연에 대한 현황 보고서를 읽고 왔지만 현장에서 맞닥뜨리게 될 감정들은 서류에 담겨있지 않았다. 하트하트재단의 계획은 도움이 필요한 가정의 사연을 대중들에게 호소력 있게 전달할 수 있는 온라인 모금 콘텐츠를 제작하는 것이었는데 당시 이는 참고할 만한 사례가 많지 않은 새로운 시도였다. KBS 〈동행〉이나 SBS 〈희망 TV〉 등 모금방송 프로그램과 비슷한 콘셉트지만, 온라인에서 잠깐 집중해서 볼 수 있도록 3분 내외의 짧은 영상으로 만들어야 했다. 나도 후원 영상 촬영은 처음이었기에 바짝 긴장했다.

"세준이 어머님, 아버님이 어제 약간 다투셔서 예민하실 수 있으니 잘 좀 부탁드릴게요."

나의 경직된 태도로부터 초보자의 분위기를 감지했는지 김영희 선생님은 또다시 부탁드린다고 말하면서도 실수하지 말라는 뉘앙스가 포함된 투로 내게 말을 건넸다. 내가 눈치 없이 아픈 아이의 아버지, 어머니에게 해선 안 될 질문들을 뱉어서 문제가 불거질지도 모르는 일이기는 했다. 김영희 선생님의 말로는 세준이 아버지가 세준이 사고에 대한 책임을 어머니에게 묻는 바람에 어젯밤에 큰 소동이 있었다고 했다. 그 이야기를 듣자 슬픔과 분노 조절의 경계를 아슬아슬하게 줄타기하고 있는 사람들 앞에서 내가 가벼운 태도를 보이는 것이 얼마나 위험한 일인지 실감되기 시작했다. 그것은 동물적 본능 같은 것이었다. 약간의 수사적인 실수가 사람들에게 상처를 주는 일은 흔하지만, 극단적인 상황에서는 무슨 일이 일어나도 이상하지 않은 것이었다.

"선생님, 제가 말을 잘 못하는데 잘 좀 찍어주이소."

세준이 어머니는 선량한 분이었다. 어느 부모가 자식을 해코지하려고 하겠는가. 하지만 사고는 명백한 부주의로부터 비롯되었다.

완벽을 바라는 것은 사실상 불가능한 일이다. 그래서 가끔 좋은 공기를 들이쉴 때 '건강하게 살아있다는 것'만으로도 감사하며 더 열심히 살아갈 수 있는 것이지만, 막상 너무 큰 불행을 맞닥뜨리게 되면 그렇게 생각하기가 쉽지 않다. 특히 자식에게 그 불행이 닥쳤을 때는 누군가를 탓하지 않고서는 버틸 수 없게 된다. 세준이의 아버지는 분노와 슬픔, 자책 세 가지 감정 사이를 쉴새 없이 오가고 있었다. 그런데 어젯밤에는 그 타깃이 자신의 배우자가 된 것이다.

병실로 들어가니 세준이는 온몸에 붕대를 감은 채 장난감을 가지고 놀고 있었다. 여느 아이와 다를 것 없이 생긋생긋 잘 웃었다. 생각보다는 상태가 괜찮아 보였다. 아이를 바라보는 아버지의 표정은 엄숙하고 강인했으나 눈에는 회한이 서려 있었다. 나는 간단히 인사를 나누고 촘촘히 주변 환경을 카메라에 담았다. 어떤 말을 해야 될지 몰라 많은 말을 하지는 않았다. 같은 공간에 있는 부부도 서로 말이 없었다.

곧 세준이가 드레싱을 받으러 이동했다. 드레싱은 감염의 방지를 위해 온몸의 붕대를 풀고 소독을 하는 과정이다. 세준이는 전신에 심재성 2도 화상을 입어 패혈증이 일어나면 언제라도 생명이 위독해질 수 있는 상태였다. 약품이 살갗에 닿을 때마다 아기는 자지러졌다. 차마 눈뜨고는 못 볼 지경이었다.

"세준아, 괜찮다, 괜찮다. 다 됐다, 다 됐어. 아가, 이제 다 끝났다. 이제 다 끝났어."

통증으로부터 아기의 주의를 조금이라도 분산시키려는 어른들의 외침이 드레싱이 진행될수록 아기 울음소리를 따라 점점 커지더니 나중에는 아이의 울음인지 어른들의 울음인지 분간할 수 없게 되었다. 의사 선생님은 굳은 표정으로 세준이의 뇌가 치료 과정에서 극심한 스트레스를 받아 성장해야 할 나이에 오히려 수축되고 있다고 말했다. 이 상태로는 세준이의 수술은 진행할 수 없으며, 소아정신과 진료부터 받아야 한다고 했다.

드레싱을 마친 직후 병실로 돌아와 어머니께 인터뷰를 부탁드렸다. 세준이 어머니는 짐짓 밝은 목소리로 뭘 하면 되냐고 나에게 물어왔다. 하지만 나는 알 수 있었다. 어머니는 눈물을 참기 위해 최선을 다하고 있었다. 카메라는 자신의 삶을 되돌아보게 하는 마력이 있다. 빨간불이 들어온 카메라 앞에 마주 섰을 때 세상이 자신의 행동을 평가한다는 사실을 상기하게 되는 것이다. 세준이 어머니에게 자신의 평가 대상은 바로 '부주의'였다. 자신의 잘못으로 인해 세준이가 그렇게 되었다는 사실, 그것이 유일했다.

"미안해. 세준아, 엄마가 미안해. 엄마가 잘못했어."

엄마는 자책감에 하염없이 눈물을 흘렸다. 정면으로 쳐다보지는 못했지만, 오늘 내내 한마디도 하지 않던 아버지도 옆에서 소매로 눈가를 훔치고 있는 것이 느껴졌다.

"내가 대신 촬영할게요."

이윽고 말을 잇지 못하는 어머니를 물리고 아버지가 인터뷰에 임했다. 비록 체구는 크지 않았지만 아버지의 한마디 한마디에는 가장으로서의 의지와 책임감이 돌아와 있었다. 아버지의 촬영이 끝나갈 무렵, 세준이를 안고 어머니가 다가왔다. 그리고 셋은 함께 손을 맞잡았다.

촬영을 마치고 나니, 만나기로 했던 친구가 병원 앞에서 기다리고 있었다. 같은 부산이라고 해도 꽤 먼 거리였는데 여기까지 나와 준 친구를 보니까 너무 반갑고 고마웠다. 친구는 정말 좋은 일을 했다며 이번 재능기부 봉사활동의 가치를 높게 평가해 주었다. 하지만 진지한 이야기가 더 길게 이어지는 것을 원치는 않는 듯했다. 우리는 같이 밥을 먹고, 또 간단하게 오랜만의 해후를 풀었다. 우리의 화제는 주로 10대 때 우리가 저질렀던 엉뚱한 추억

담이나 그가 만나는 여자친구에 대한 이야기 같은 것들이었다.

"야, 여기 사람들은 운전을 진짜 더럽게 해. 이번에 소나타 NF 산 거 알지? 휠을 이번에 독일제로 바꿨는데 그거 한 짝에 400이다. 팍 박아 뻬리고 그냥 가네…."

사실 친구의 이야기는 하나도 귀에 들어오지 않았다. 사람들은 모두 지쳐있었다. 나도 그랬다. 연봉, 승진, 결혼, 시험, 유학 등 행복에 이르는 방법들은 이미 다 정해져 있었다. 거기에 맞춰 성실하게 따라가기만 하면 되었다. 그러니 성공하는 데 있어서는 무엇보다 생각의 가지를 더 복잡하게 치고 내려가지 않는 것이 중요했다. 이제 막 흔들리기 시작한 추는 잡을 수 있지만 일단 진폭이 커지고 나면 누구도 걷잡을 수 없음을 알기에 다들 필사적으로 생각의 가지치기에 저항해온 것이다. 그런데 봉사활동 경험은 내가 가지고 있던 면역력을 크게 떨어뜨려 버렸다.

"진혁아. 뭔 생각을 그리 많이 하노. 니 생각 많은 건 알겠는데, 우선 묵기나 묵자."

부산 친구가 내 얼굴 앞에서 손을 흔들며 큰 목소리로 나를 불렀다.

"그래, 네 말이 맞다. 먹고 마시자. 자꾸 멍 때려서 미안해. 피곤해서 그랬나 봐."

세준이 사연은 총 1,800만 원 정도의 온라인 모금이 이루어졌다. 이후 장영출 할아버지의 사례로 5년 후 다시 하나병원을 방문하게 되었다. 하지만 그때 나를 마중 나온 사람은 김영희 선생님이 아닌 낯선 이의 얼굴이었다. 나는 조심스럽게 그녀의 거취를 물어보았으나 이미 오래전에 그만두어 그녀의 상황을 개인적으로 아는 사람이 없다고 했다. 하지만 김영희 선생님이 개척해 놓은 길은 여전히 잘 작동하고 있는 듯했다. 성공적인 재난의료비 조달 경험들은 하나병원이 부산지역에서 가난한 환자들에게 가장 많은 기회를 전해주는 곳으로 널리 존경받는 데 크게 기여했다. 멀리 떨어진 서울에 있는 두 곳의 복지 기관에서 전국의 수많은 병원 중 이곳 하나병원을 콕 집어 추천했다는 것은 결코 우연이라고 볼 수 없었다.

나는 김영희 선생님이 이뤄놓은 놀라운 변화들을 확인하고 나니 그녀가 그만둔 이유가 더욱 궁금해졌다. 그 대답을 듣지는 못했지만 아마 이런 이유 때문이 아니었을까. 병원이 가난한 환자들 사이에서 좋은 평판을 얻는다는 것이 병원의 재정에는 그다지 도움이 되지 않았거나, 김영희 선생님의 크고 넘치던 열정이 결국 모두 소진되어 버리고 말았을 것이다. 하지만 김영희 선생님은 분명히 또 다른 환자를 돕기 위해 어느 한 지방 병원에서 간신히 한글 문서만 가동되는 오래된 컴퓨터를 배정받고는 복잡한 의료비 지원서 양식을 채워 넣느라 끙끙대고 있을 것이다.

봉사는 감성이 아닌 기능의 이야기

앞서 밝혔듯이 나는 삶의 일부로서의 봉사를 진지하게 생각해 본 적이 없던 사람이었다. 봉사활동에 부정적일 것까지야 없었지만 딱히 참여할 이유는 느끼지 못하고 있었다. 나뿐만 아니라 주변 대부분의 사람이 그러했다. 이때껏 늘 금전적인 문제와 같은 현실적인 이유와 열등감을 얼마간 해소해 주는 생산적인 일에만 몰두해왔다. 봉사에 대한 기억을 아무리 짜내어 보아도 중학교 때 방학 숙제로 봉사시간을 채우기 위해 친구들과 국립과학관에서 창문을 벅벅 닦아댄 것 말고는 없었다. 그것은 돌이켜보면 '봉사'라고 이름 붙이기에도 부끄러운 것이었다. 그 이후로는 봉사에 대해서 생각해 볼 겨를도, 의지도 없었다. 그럼에도 불구하고 나는 나름대로 떳떳했다.

나는 어디서부터 손을 대야 할지 모르겠다고 언론에서 말하는 대한민국의 그 고장난 사회보장 시스템의 혜택조차도 받아본 적 없이 지금까지 살아왔기 때문에, 주지도 말고 받지도 말자는 논리에 익숙했다. 어려운 환경 속에서도 지원 없이 무사히 살아남

왔다면 그래도 웬만한 자원봉사자 이상의 사회적 의무는 치러낸 게 아닌가 하는 자부심이 있었다. 다시 한번 말하지만 이 자부심은 내가 더 잘났다거나 하는 그런 류의 것이 아니었다. 친구들이 '너는 500원만 내도 돼'라고 내게 말했을 때도 '나는 그들과 똑같이 1/N을 내었다.' 하는 식의 자부심이었다.

그렇지만 내가 사회에 대한 부채의식을 가지고 있지 않다는 것과 누군가 내 도움을 필요로 할 때 거절한다는 것은 다른 차원의 이야기였다. 내 상태야 어쨌든 눈앞의 세준이에게는 후원 영상이 필요했다. 감성적인 이야기가 아니라 '기능적인 이야기'인 것이다. 그 일에 내 녹음 장비가 필요하겠다는 생각이 들고, 세준이 어머니의 육성이 실제로 수술비의 마련에 도움이 될 것이라는 논리적 판단이 서니 봉사에 대한 실천 의지로 자연스럽게 이어진 것이다. 상황을 먼저 이해하고 나니 행동은 자연스레 따르게 되었다.

봉사 프로그램 담당자가 나를 설득하는 데 그렇게 긴 시간이 필요하지도 않았다. 세월호 사건 때 수색에 나선 스쿠버다이빙 동호회 회원들도 그랬고, 태안 기름 유출 사건 때 전국에서 자발적으로 모인 봉사자들의 생각도 아마 마찬가지였을 것이다.

현대인들에게 감성적인 이야기만으로 행동의 변화를 이끈다는 것은 쉽지 않은 일이다. 아직 때가 덜 묻은 아이들조차도 그랬다. 문득 중학교 때의 기억이 떠올랐다. 못 배운 게 평생 한이라던 연세가 지긋하신 한 할머니가 떡볶이 장사로 평생 모은 재산을 카이스트에 기부하는 모습을 TV에서 보았다. 나는 이 이야기를 공중파에서 '때가 되면 한 번씩 송출하는 적당히 교훈적인 이야기'라고 여겼다. 학생들에게 진지하게 관심이 있던 당시의 국어 선생님조차도 아이들에게 '세상은 무조건 돈이다.'라고 말해주는 분위기였으니 나 정도의 반응은 스스로 꽤 괜찮은 편에 속한다고 생각했다. 경제적으로 어려운 집안 사정을 가진 친구들은 중학생임에도 이미 날카로운 현실감각을 갖추고 있었다. 가진 게 얼마 안 되는 사람들이 감상적으로 행동하면 어떻게 취급될 가능성이 있는지 잘 알고 있었기 때문이다. 그 친구들은 떡볶이 할머니가 기부한 돈이 억 단위가 아니라 백만 원 단위였으면 TV에 출연하지도 못했을 것이라고 말했다. 실제로 세상은 그랬다. 돈 없고 빽 없는 이들에게는 그나마 좋은 성적을 내는 것만이 살길이었다. 하지만 이미 상위권의 친구들이 방과 후 에어컨이 빵빵한 학원에서 시간을 보내는 동안 어떤 친구들은 집에서 덜덜거리는 선풍기를 돌리며 어머니의 새로운 연애사를 마주해야만 했다.

이런 나라에서 나고 자란 사람들에게 감성적인 말로 사람들의 마음을 움직여 봉사에 나서게 할 수 있을까? 공기업 직원인 내 친구 한 명은 본인도 어려운 환경에서 성장했음에도 불구하고 기초생활수급자를 나라 곳간을 축내는 게으름뱅이로 취급하기 일쑤였다. 나는 내 친구와 같은 사람들이 비상식적이라거나 매정하다고 말하려는 것이 아니다. 봉사를 알기 전에 내가 가진 인식도 크게 다르지 않았다. 초등학교 때 '백도야지'라는 별명을 가졌던 내 친구는 성인이 되고 나서 놀랄 만큼 살을 빼고 난 후에 과체중인 사람들을 그 누구보다 혐오했다.

공기업 직원인 친구처럼 열심히 살아서 가난에서 벗어난 사람들이 방구석에 앉아 도움의 손길만 기다리는 사람들을 고깝게 여길 그 심리적 동역학은 충분했다. 그들에게 더욱 포용력 있는 마음을 가지지 않는다고 비난할 자격은 그 누구에게도 없었다. 그럼에도 불구하고 내가 계속 봉사에 빠져들게 된 것은 어쩌면 운이 좋게도 처음 참여한 봉사가 세준이 수술비를 마련하는 일이었기 때문이다. 그리고 그것이 단순히 가치 지향적인 것이 아니라 실제로 매우 생산적인 봉사활동 경험이었기 때문이다.

현대인들은 놀이든 일이든 제대로 기능하는 것을 원한다. 경쟁에 지쳐있는 현대인들에게 막연히 봉사하는 삶을 추구해 나아가야 한다는 것은 입바른 소리로 들릴 뿐이다. 그러니까 더욱 봉사에 대해서는 봉사활동 프로그램 기획자이든지 아니면 신규 참여자이든지 감성적인 방식으로 접근해서는 안 되고 이성적인 방식으로 탐색해 나아가야 한다.

우리가 봉사를 지속할 마음이 들게 하는 제대로 된 봉사활동의 요건

문제 인식 : **실제 도움이 필요한 상황임을 인지해야 한다.**

많은 신입 봉사자들이 처음 현장에서 재난적 의료비 환자[3)]들을 맞닥뜨렸을 때 21세기 대한민국에서 돈이 없어 치료를 못 받고 있는 환자가 있다는 사실을 뉴스를 통해 알고는 있었지만, 직접 눈으로 보고 나

3) 재난적 의료비 환자 : 갑작스럽게 발생한 질환으로 인해 소득수준에 비하여 과도한 의료비 지출로 경제적 어려움을 겪게 된 환자를 의미한다.

서야 진심으로 인정하기 시작하였다고 한다. 태안 그룹홈 봄언덕의 김보라 원장은 대학생이던 23살 때 태안군 만리포해수욕장 앞바다가 순식간에 시커먼 기름띠로 뒤덮인 동영상을 보고 기름을 닦아내어야겠다는 생각이 들어 만리포해변을 찾았다.

해결 방안 제시 : **돕는 수단과 방법이 현실적이어야 한다.**
나는 하트하트재단에서 세준이를 위해 수술비를 마련해 보겠다는 말이 단번에 납득이 되었다. 트럭 운전사이자 부산의 봉사자인 이장열 씨는 쉬는 날 자신의 차를 이용해 거동이 불편한 이웃들에게 필요한 물품을 배달해 주는 일이 실용적이라고 생각했다.

자기효능감 : **당신의 기여가 성패에 영향을 줄 수 있어야 한다.**
다른 말로 표현하자면 당신이 없으면 해결방안이 실패할지도 모른다는 생각이 들어야 한다. 참여해도 아무런 변화도 이끌어낼 수 없을 것이 뻔히 예상 된다면 의욕이 생기지 않을 것이다. 나는 내가 만든 후원 콘텐츠가 네이버에 게재되고 나서 세준이의 온라인 모금함에 실시간으로 기부금이 쌓이는 것을 확인할 수 있었다.

2023년 8월에 발생한 새만금 잼버리 대회 사건은 봉사자 덕분에 큰 위기를 넘길 수 있었던 좋은 예시이다. 새만금에서 열린 제25회 세계스카우트잼버리 대회는 공무원들의 예산 전용, 준비 부실, 시설 미비 등으로 인해 행사장에 온열 질환 환자가 대량으로 발생하고, 식료품이 제대로 지급되지 않는 등의 파행 운영으로 국제적인 망신을 당할 위기에 처해 있었다. 그러자 이 소식을 들은 농가주부모임전국연합회 회원들이 새만금으로 달려가 일손이 부족해 적재적소에 나누어주지 못하고 있던

5억 원 상당의 얼음물, 생수 및 이온 음료를 배부하는 봉사활동을 실시하는 등 전국에서 수천 명의 봉사자들이 새만금에 방문하여 사태를 수습하기 위해 나섰다.

2.

예술 봉사

뇌종양을 앓고 있는 소녀 경희

세준이를 만나고 한 달하고 보름쯤 지나 두 번째 연락을 받았다.

"영상 편집을 하려면 어떤 프로그램을 쓰는 게 좋죠? 저는 베가스를 쓰고 있는데 괜찮을까요?"

나랑 비슷한 또래였던 이영고 과장은 국내 아동복지 기관인 하트하트재단에서 멀티미디어 자료를 총괄하시는 분이었다. 어떤 크고 작은 기관이든 멀티미디어 자료에 대한 의존도가 심화되고 있는데, 이는 복지 기관들에게는 재앙이기도 했다. 과거에는 모든 것이 훨씬 명확했다. 기관장과 이사들이 식사를 하러 다니면서 유력인사들로부터 기부금을 충당하면 직원들은 그것을 교부하는 것으로 자신들의 소임을 다 해낼 수 있었다. 그리고 그런 활동에는 변수가 없었다. 무턱대고 찾아가기보다는 오래 알고 지낸 인맥들을 바탕으로 일이 진행되기 때문이었다. 그러나 온라인 모금과 클라우드 펀딩은 다분히 점잖게 굴러가던 어른들의 세계를 모두 헤집어 놓았다.

세상이 변화한다는 것은 누군가에게는 무한한 기회이기도 했다. 내 또래 남자들이 으레 그렇듯이 스타크래프트로 컴퓨터를 배운 이영고 과장은 그러한 변화에 가장 잘 적응할 수 있는 부류였다. 직장에서의 위치는 사회 초년생일 수밖에 없었다. 하지만 그가 가진 잠재력은 기존의 한자 뒤범벅인 보고서를 대신하여 미래에 가장 중요한 위치를 점하게 될 그런 것이었다. 그는 그런 변화의 흐름들을 포착해 온라인 모금 영상 제작 재능기부 봉사활동 프로그램을 기획한 것이다.

"아, 그건 그렇고. 감독님, 부탁드릴 환아가 한 명 더 있는데 시간이 괜찮으실까요?"

뇌종양을 앓고 있는 소녀의 사연이었다. 이영고 과장으로부터 전후 사정을 청취하고 나는 서울대병원으로 향했다. 13살 경희는 유일한 보호자인 어머니와 함께 진료실 앞에서 자신의 차례를 기다리고 있었다. 소녀는 종양으로 인한 뇌 손상이 너무 심해서 이미 신체의 기능을 많이 잃어버린 상태였다. 걷는 것도, 말하는 것도 자연스럽지가 못했다.

"경희는 2007년에 뇌수막종으로 뇌수술을 하고 방사선 치료를 받았고요. 그러고 나서 2010년도에 신경증상, 다시 말해 얼굴이 실룩거리는 신경계 증상이 있어서 MRI를 다시 찍어보니 다른 악성종양이 재발해 다시 수술을 했습니다. 수술 후에도 종양이 남아있는 부분이 있어서 감마나이프 서저리라는 방사선 치료를 받고 지금은 항암치료를 받고 있습니다."

서울대병원 신경외과 김수리 교수는 경희의 현재 상태를 설명해달라는 내 질문에 적극적으로 대답해 주었다. 경희의 병이 재발한 것이 스스로도 상상이 안 되었던 모양이다. 의사들은 수많은 환자를 보지만 소아암은 보통 백혈병으로 나타나고, 뇌종양이 발병한 환자군에서는 이렇게 어린 환자가 드물었기 때문이다.

진료가 끝나고 우리는 평창으로 출발했다. 경희네 집이 평창이었다. 이렇게 큰 병은 서울에서 치료받아야 한다기에 서울대병원까지 먼 길을 온 것이다. 서울역에서는 기차를 한참 기다려야 했다. 빼빼 마른 경희는 사방이 열려있는 플랫폼에서 오들오들 떨었다.

"당일치기로 서울을 다녀가시려면 새벽같이 준비하셨겠어요. 어머니."

"네, 교수님 외래 보시는 날은 새벽 4시에 일어나야 해요."

"치료도 치료지만 이동하느라 힘이 다 빠지시겠어요."

"하루 자고 가면 경희도 좀 편할 텐데, 그럼 또 숙박비가 나가니까…."

무궁화호가 도착하였다. 자리에 앉자마자 어머니는 차창 옷걸이에 수액을 걸고 반대쪽 끝을 경희 몸에 놓았다.

"어머니, 이게 무슨 수액이에요?"

"경희 밥이에요."

파우치에 든 것은 황갈색을 띈 유동식으로 경희의 위장과 바로 연결된 호스를 통해 서서히 주입되었다. 경희는 배에 파우치를 꽂은 채로 가는 내내 말없이 창밖을 바라보았다. 평창에 도착해서도 한참을 더 버스를 타고 들어간 뒤에야 새빨간 바탕에 흰 글씨가 쓰여있는 커다란 간판이 나타났다.

'신궁선녀 보살'

이영고 과장은 출발하기 전 어머니의 직업적 특성 때문에 경희가 처음 아팠을 때 현대의학보다는 민간요법에 많이 의존했었다고 귀띔해 주었다. 경희 어머니는 무당이었다. 커튼이 드리워져 있는 방은 얼핏 보았을 때 각종 기물과 부적으로 가득 차 있는 듯했다. 사주 같은 것을 봐주는 공간으로 쓰였을 듯싶으나 지금 상태를 봐서는 마지막으로 사용된 지 꽤 시간이 흐른 듯했다.

경희는 옷을 갈아입자마자 컴퓨터부터 켰다. 털모자를 벗자 한 올의 머리카락도 없는 전형적인 암 환자의 민 머리가 나타났다. 모자는 경희가 병원에서부터 한 번도 벗지 않고 계속 쓰고 있던 것이었다. 전원이 들어온 모니터 속에는 선생님이 있었다. 학교에 가지 못하는 경희를 위해 온라인 수업이 제공되었던 것이었다. 선생님은 단 한 명의 아이를 위한 수업임에도 대충하는 법이 없으셨고, 경희도 자신에게 주어진 기회가 간절해 보였다. 그렇게 열정적인 수업이 끝나갈 무렵 모니터 뒤에서 또 한 명의 소녀가 나타났다.

"경희야, 나 수정이야. 나 너랑 헤어지기 싫어! 학교에서 못 봐?"

경희는 삐뚤어진 입으로 힘겹게 말문을 열었다.

"건강…해…지면…다시…보자."

처음으로 보는 경희가 환하게 웃는 모습이었다.

네이버 해피빈에서 3달간 진행된 경희 양을 위한 온라인 모금 캠페인을 통해 700만 원의 후원금이 모여 어머니에게 전달되었다. 하지만 그러한 국민들의 성원이 야속하게도 경희 양은 1년만 더 이 세상에 머물다 떠났다.

희망으로 춤추다, 봉사동아리 '리듬오브호프'

"이영고 과장님으로부터 말씀 많이 전해 들었습니다."

그는 구세군 자선냄비 본부에서 일하는 최상헌 대리라고 자신을 소개했다. 다른 비영리기관의 모금 담당자로부터 내가 무료로 온라인 모금 콘텐츠를 만들어준다는 소식을 들었다고 전했다. 최 대리가 굳이 영상이 아니라 콘텐츠라고 말한 이유는 수술비 마련을 위한 온라인 모금 캠페인에는 영상 분야 말고도 훨씬 더 다양한 형식의 재능기부 봉사자들이 필요하기 때문이다.

복지 기관들의 운영 형태는 기본적으로 중소기업이랑 다를 게 없었다. 인원이 몇 없는 데다 업무 분장도 잘 안 되어 있어서 사회복지사 한 명이 전화 받기, 협력업체 관리, 홍보 마케팅, 프로그램 기획, 청소, 커피포트 관리, 구호물자 배송과 같은 기본적인 일부터 간담회, 캠프, 후원의 밤과 같은 행사 진행도 해야 되며, 거기에 혼자서 많게는 수천 명이나 되는 복지대상자 관리도 책임져야 했다. 사회복지사들이 학교에서 배운 전공과 현재의 업무량을 미뤄 보건데 내가 촬영해온 원본 영상 파일만 던져놓고 가면 모금 캠페인이 산으로 갈 것이 뻔해 보였다. 나는 최 대리에게 영상 말고 다른 재능기부 봉사자도 필요하지 않겠느냐고 물었다.

온라인 모금에는 세 가지 종류의 콘텐츠가 필요하다. 첫째는 사연 글이다. 수혜자의 어려움에 대한 호소력 있는 글솜씨를 통해 네티즌들의 마음을 움직여야 한다. 둘째는 후원 포스터이다. 후원 대상에 대한 상태를 한눈에 파악할 수 있는 현장 사진과 핵심적인 몇 개의 문장을 포토샵으로 만든다. 그런데 모바일로 보기에는 카드뉴스가 훨씬 편하기 때문에 요즘은 포스터를 만들지 않고 카드뉴스를 만드는 경우도 있다. 마지막은 후원 영상이다. 촬영해온 원본 영상을 짜임새 있게 편집하고 자막을 넣은 뒤 저작권이 해결된 배경음악을 얹어서 3분 내외로 만든다. 이 중 후원 영상 하나만 보더라도 영상 촬영, 영상 편집, 배경음악 작곡 이렇게 세 명의 전문인력이 필요하며, 캠페인 전체로 보면 사연 글 작성, 사진 촬영, 사진 보정, 카드뉴스 디자인, 후원 포스터 디자인까지 세 가지 전문기술과 다섯 개의 업무가 더 존재한다. 이러한 각각의 일들이 각자 하나의 봉사활동이 될 수 있다.

나는 뜻있는 대학 동기들과 함께 이런 일을 전문적으로 수행할 봉사동아리 〈리듬오브호프〉를 설립하였다. '희망의 흐름'이라는 의미였는데 호프라는 단어만 듣고는 음주 동아리 아니냐는 소리를 듣기도 했다. 출범 첫해에만 300명이 넘게 지원한 〈리듬오브호프〉(이하 리듬)는 그해 가장 인기 있는 학내 동아리로 성공적으로 자리매김을 하였다. 그다음 해에는 소문을 듣고 근방의 이화여대, 홍익대 학생들도 가입을 문의했다. 심지어는 고등학생들이 가입신청서를 내기도 했다. 그들 중에 몇 명은 자신들이 왜 이런 봉사동아리 활동을 하려고 하는지 내게 알려주었다. 그들은 대체로 반드시 봉사를 하려고 가입했다기보다 자신이 원래 관심이 있던 취미생활을 여러 사람들과 함께 해보자는 성격이 더 강했다. 그런데 취미활동을 하기 위해 왜 굳이 일반 동아리가 아닌 봉사동아리에 가입을 했을까?

사람들이 〈리듬〉에 가입하게 된 이유에 대해서 수천 명의 가입신청서를 읽어보고 봉사자들과 이야기를 나눠본 내용들을 정리하면 다음과 같다.

봉사동아리에 가입하게 된 동기

- 취미생활을 혼자 하려니 외롭다.
- 취미생활을 혼자 하다가 막히면 가르쳐줄 사람이 없다.
- 일반 동아리를 가입했더니 이성 교제를 목적으로 하는 사람들이 너무 많았다. 나는 취미생활을 하러 온 건데, 사람들이 동아리의 본연의 활동 주제에 대해서는 관심이 별로 없었다.
- 봉사동아리에는 착한 사람이 많을 것 같아서 가입했다.
- 봉사활동 경력이 취업이나 이직, 대학원 진학에 도움이 될 것 같았다.

위와 같은 기대를 가지고 리듬에 가입한 사람들은 활동을 하고 나서 그 기대를 충족했을까? 결론부터 말하면 100%는 아니지만 대체적으로 합리적인 선택이 되었다. 물론 봉사동아리도 사람이 모이는 곳이다 보니 별일이 다 있지만 ,아무리 대담한 범죄자라 하더라도 교회나 절에서 죄를 짓기는 꺼려지는 구석이 있듯이, '봉사단체'라는 정체성이 사람들의 뻔뻔함이나 이기심을 억제하는 경향이 있다. 그런 성향의 사람은 굳이 가입을 하지도 않을뿐더러 가입했다 하더라도 실제야 어쨌든 이타심을 표방하는 공동체의 분위기가 그러한 행동을 억제시키는 것이다.

봉사활동, 스펙이 되다

다만 앞에서 설명하였듯이 봉사단체도 사람들이 모여 있는 곳이다 보니 예외는 있다. 특히 스펙을 쌓기 위해 가입한 사람들이 문제를 일으키는 경우가 많았다. 봉사를 하고 싶지는 않지만 봉사활동 실적을 채우기 위해 억지로 활동하는 사람들은 자신에게 필요한 분량의 실적을 채우고 나면 중도에 그만두는 등 다른 사람들에게 피해를 주는 일들이 종종 발생했다. 여기서 고등학생도 아니고 성인에게 봉사활동이 무슨 실적이 되는가 하고 의문을 가지는 사람들은 아마도 안정된 직업을 이미 가져서 진학이나 취업과는 관련 없는 삶을 오랫동안 살아온 사람들일 것이다.

"그런 의도를 가지고 있다고 해도 참여해 주는 게 어디야, 고마워해야지."

이화여대에서 봉사동아리를 창립한 이보람 회장이 내게 한 말이다. 나는 봉사를 자신의 이미지메이킹을 위한 받침대로 이용하는 사람들에 대해 불쾌한 감정을 떨칠 수 없었다.

한부모 가정 지원 현장에서 사진만 찍고 가는 국회의원, 농촌

봉사활동이라는 명목으로 학교에서 경비를 받고는 시골에서 술만 마시다 오는 선후배들, 드림클래스처럼 실제는 아르바이트이지만 '봉사'라고 이야기하는 것 등등이 모조리 싫었다.

'드림클래스'란, 삼성에서 주최하는 사회공헌 프로그램으로 저소득층 아이들을 위해 공부 잘하는 대학생들이 무료로 과외를 해주는 프로그램이다. 대학생들이 과외를 무료로 그냥 해줄 리가 없으니 시세에 맞는 과외비를 삼성에서 대신 내주는 것이다. 언뜻 보면 괜찮아 보이는 프로그램이지만 인위적으로 프로그램을 구성하다 보니 운영상 문제가 많았다.

대학생 과외는 일종의 개인사업이다. 대학생들은 소위 꿀알바인 과외 선생 자리 하나를 구했더라도 그 기회를 살려서 열심히 수업을 준비하고 좋은 인상을 남겨서 학부모들 사이에서 입소문을 내지 않으면 일감이 금방 끊긴다. 대학생 선생들이 노련한 학부모들을 상대로 요령을 피우는 것은 결코 쉬운 일이 아니다. 고액의 비용을 지불한 학부모들은 깐깐한 감독관이 되어 젊은 선생들을 닦달한다. 그런데 그에 반해 삼성의 사회공헌 프로그램에 운 좋게 당첨되어 생각지도 못한 자녀교육 기회를 얻게 된 저소득 학부모들은 과외 선생에 대한 요구를 당당하게 하지 못한다. 그러다 보니 대학생 입장에서는 과외 준비를 열심히 하지 않아도 꾸준히 과외 선생 자리를 따낼 수 있는 드림클래스는 최고의 아르바이트다. 당연히 과외의 질은 점점 더 떨어진다. 공기업의 비효율과 같은 것들이 드림클래스에서도 나타나는 것이다.

이 모든 상황을 감안하더라도 삼성의 프로그램으로 인해 저소득층 아이가 평생 접해보지 못할 사교육을 받을 수 있게 된 것은 사실 좋은 기회이다. 이보람 회장이 내게 전달하고자 했던 말의 의미는 바로 그것이었다. 의도가 아닌 결과를 생각해 볼 것. 실제 도움이 되었느냐 아니냐가 중요한 것이며 비효율성이나 봉사자의 의도와 같은 것이 중요한 문제가 아니라는 지적이었다.

맞는 말이었다. 100% 순수한 의도로 봉사활동에 참여하는 사람들은 거의 없었다. 그리고 그렇게 가입 조건이 까다롭지 않았던 우리 동아리의 봉사자 수의 확대는 저소득 환자들에게 큰 도움이 되었다. 이보람 회장과 나는 각자의 학교에서 저소득 중증 환자 구호 활동을 하는 봉사동아리 '리듬오브호프'를 만들었고, 우리는 졸업하기도 전에 20억 원을 넘게 모금하여 수백 명의 환자에게 수술비로 전액을 전달하였다. 이 같은 내용은 SBS, 경향신문, 조선일보 등에도 보도되었다. 이러한 보도자료에 이름이 실리는 것도 취준생들에게는 매우 좋은 스펙이 되었기에 우리 동아리에는 더 많은 사람들이 지원하는 선순환이 일어났다.

봉사시간을 채우는 것은 고등학생들에게는 굉장히 중요하다. 그것이 대학입시 당락에 영향을 미치기 때문이다. 2022학년도 대학 입시전형 중에서는 경희대학교가 학생부교과전형에서 봉사활동 실적을 10%, 논술우수자전형에서 15%를 반영하였고, 서강대학교의 학교장추천전형에서는 봉사활동 실적이 없으면 감점되었다. 그 외에도 많은 대학교에서 정량적 요소 중 하나로 봉사시간 인증서 제출을 요하고 있다. 성적은 성실함을 판단할 수 있는 근거는 되지만 인성을 판단하기는 어렵다. 그렇기 때문에 인성, 인격에 대한 판단의 근거로서 그나마 정량적인 자료를 봉사시간에서밖에 찾을 수 없다. 다만 기계적으로 봉사활동을 평가해서는 안 된다는 여론이 대두되고 있기에 앞으로는 봉사활동을 하더라도 단기간에 몰아서 채우기보다는 3년간 꾸준히 참여해 학생이 배우고 느낀 점을 어필할 수 있어야 한다는 게 최근 입시 전문가들의 견해이다.

봉사활동 경험이 중요한 스펙 중 하나가 되는 현상은 비단 대입에서만 일어나는 것이 아니다. 취업을 하거나 전문직 자격증을 따는 데에도 영향을 미친다. 내 추천으로 봉사동아리에 가입했던 대학 동기가 어느 날 나에게 밥을 사겠다며 찾아왔다.

"형, 고마워요. 완전 형 덕분에 취직했어요."

그 친구는 봉사라고는 전혀 관심이 없던 사람이었는데 나랑 친하다는 이유로 학교생활 내내 봉사 이야기를 듣다가 3학년이 끝날 무렵이 되어서 봉사동아리에 가입한 사람이었다. 그런데 그 친구의 자기소개서에 봉사활동 경험에 대한 이야기를 넣었더니 내용이 훨씬 좋아졌을뿐더러 최종 면접에서도 임원들이 봉사활동 경험에 대해서 주로 물어봤다는 것이다.

"어디 합격했는데?"

"구글요."

"오, 축하해. 대박!"

"앞으로도 갚으면서 살아야죠."

"나한테 갚지 말고 사회에 갚아."

교육부는 2024년부터 로스쿨 입학전형 기본 요강에 각 대학들이 지원자의 봉사활동 경력 반영을 강화하도록 지침을 내렸다. 그것은 다음과 같다.

◦ **다양한 사회경력자 선발 강화**('24학년도~)

- 「법학전문대학원법」 제23조제2항* 및 윤석열 정부 국정과제로서 **다양한 사회경험과 자격** 등을 갖춘 **'사회경력자 선발'** 강화 권고

  * "법학전문대학원은 지원자의 학사학위과정에서의 성적 ------, 그 밖에 **사회활동 및 봉사활동에 대한 경력** 등을 입학전형자료로 활용할 수 있다."

  ※ '24학년도 입학전형 시 서류심사 요소(항목)로 '사회활동 경력'(1년 이상 근무 경력 등) 및 '봉사활동 경력'을 반영하고, 세부적인 기준 및 내용은 개별 법전원의 특성화 분야 등 여건과 상황 등을 고려하여 학교 자율적으로 정함

  ※ 응시자가 자기소개서에 '사회활동 경력'(직종명, 재직기간, 업무 등) 및 '봉사활동 경력'을 기재할 수 있도록 안내

머리로는 이해했지만 나는 아직도 봉사문화를 확산시키려면 현실적 이익과 결부시켜야만 한다는 생각에는 주저함이 있다. 때로는 Win-Win이나 Give and Take를 당연하게 주장하던 일선의 봉사 프로그램 담당자들도 상식을 뛰어넘는 봉사자들을 만나면서 자신의 일에 회의를 느끼곤 했다. 삼성이 아닌 또 다른 국내 굴지의 대기업 산하 재단의 과외 봉사 프로젝트 담당자는 어느 날 내게 프로그램 운영상의 어려움을 토로하였다.

"진혁 씨, 요즘 애들 정말 영악해서 토악질이 나와요. 술 진탕 마시고 나와서 과외 대충하거나, 돈을 더 많이 주는 사회공헌 프로그램에 참여하겠다는 건 이해할 수 있어요. 그런데 선생이 과외 진행한 걸로 치자고 학생을 꼬시고 200만 원을 꿀꺽하는 건 대체 어떻게 해야 될까요?"

따뜻한 햇살이 두렵기만 한 다슬이의 하루

구세군 자선냄비 본부의 최성헌 대리가 자신의 노트북 화면을 내 쪽으로 돌려서 보여주었다.

다슬이네 모금함이었다. 해당 모금함은 목표액을 달성하지 못하고 '216만 9,400원으로 모금 종료'라고 찍혀있었다.

"이것 보세요. 아이의 간 이식에 최소 2,000만 원이 필요한데 이것밖에 안 됐어요."

"엄청 부족하겠네요."

해당 모금함에 적힌 사연 글은 몇 줄 안 되었고, 포스터는커녕 사진만 달랑 한 장 있었는데 그마저도 구형 휴대폰으로 급하게 찍은 듯이 화질이 조악했다. 오히려 200만 원이 넘는 기부금이 모인 것이 신기할 지경이었다. 그런데 사실상 대부분의 온라인 모금함들이 이런 상태였다. 온라인 모금 사례당 평균 모금액은 300만 원 정도였는데 이 돈을 모금하자고 3분짜리 영상 제작 외주비용으로 200만 원을 들인다는 것은 배보다 배꼽이 더 큰 일이었다. 영상뿐만이 아니었다. 제일 싼 견적을 내어 포스터 디자인만 맡겨도 20만 원은 들여야 했다. 상황이 이렇다 보니 담당 사회복지사가 무리하게 모금 콘텐츠 제작 업무까지 떠맡게 되었고, 그렇게 밖에 해내지 못한 것을 탓할 사람은 아무도 없었다.

"모금이 잘 안 돼서 저희한테 넘어온 거예요. 구세군이 큰 기관이니까 그래도 뭔가 해답을 갖고 있지 않을까 기대한 거죠. 그런데 해답이란 게 결국 저희도 이렇게 감독님께 요청드리는 방법밖에는 없네요."

"아동 사연이고 아이가 예쁘다 보니까 사진만 좀 잘 나오면 모금 잘 될 거에요."

현실은 그렇다. 수혜자가 어릴수록 모금이 잘 된다. 대한민국에서 연간 모금액 기준 10위권 내의 초대형 NGO는 크게 두 가지 성격으로 구분 지을 수 있다. 하나는 종교 기반 단체이다. 월드비전, 굿네이버스, 컨페션과 같은 곳들이다. 두 번째가 아동 청소년 전문임을 표방한 기관, 세이브 더 칠드런, 초록우산 어린이재단, 아이들과미래재단 등이다. 종교 기반으로 분류된 단체들도 아동 청소년을 내세우는 마케팅이 주를 이룬다. 가장 대표적인 것이 2016년부터 이어져 오고 있는 굿네이버스의 '깔창 생리대 캠페인'이다. 굿네이버스의 깔창 생리대 모금 포스터와 카피라이트는 가장 성공적인 비영리 마케팅 사례 중 하나로 평가받는다.

청송의 한 산골 마을에 있는 다슬이네 집은 참 아름다운 풍경에 둘러싸여 있었다. 물안개 낀 호수가 마을 초입에 자리하고 있었고, 그 호수로 빠져드는 시냇물은 기분 좋게 귀를 간지럽히며 다슬이네 담벼락을 둘러 흐르고 있었다. 이 동네 고양이들은 낮선 사람도 무서워하지 않았다.

"안녕하세요. 다슬이 아버님. 구세군에서 나왔습니다."

한 중년 남자가 마루에서 이어진 사랑방에서 일어나지도 않고 한쪽 문을 손으로 열어 인사했다. 다슬이 아버지, 율동 씨는 한쪽 다리가 성치 않은 장애인이었다. 게다가 신장암을 앓고 나은지 얼마 안 되었다고 했다. 나는 구세군 소속이 아니었지만 몇 번 봉사를 다녀보니 내가 어디 소속이고, 우리가 구세군과 어떤 역할 분담을 하는지 일일이 설명하는 것은 거의 불가능하다는 것을 깨달았다.

다슬이의 병은 갈락토스 혈증이었다. 6만 명 중 1명꼴로 발생하는 희귀난치성 질환으로 아직까지 현대의학으로도 원인만 밝혀낼 수 있었을 뿐 치료제는 없었다. 많은 음식들에 포함된 성분인 갈락토스가 몸에 문제를 일으키는 질환이다. 조기에 발견해서 관리하지 않으면 간부전, 뇌 손상, 백내장 등 심각한 합병증을 유발한다. 다슬이는 조금 늦게 병을 발견한 바람에 간에 돌이킬 수 없는 피해를 입었다. 또한 직사광선을 쬐면 체내에서 독소가 생성되어 실명할 수도 있다. 그래서 다슬이네는 대낮에도 모든 창문에 암막 커튼을 치고 컴컴하게 생활했다. 다슬이의 아버지는 나의 방문을 썩 내켜 하지 않는 모습이었다.

"선생님, 저는 원래 이런 데 출연 안 하려고 했습니다. 그런데 간 이식 수술 그거 때문에, 오로지 그거 때문에…."

그때 아빠의 어깨를 타고 다슬이가 올라왔다.

"아빠, 아빠."

"이 녀석아."

율동 씨는 어깨를 밟고 머리로 기어오르는 다슬이를 붙잡으려 손을 휘저었다. 그런데 아이는 어찌나 빠른지 쉽사리 잡히지가 않았다.

"아빠. 아빠. 놀아줘."

"아, 선생님. 말씀 중에 죄송합니다. 잠시만요. 아, 내 코야. 이 녀석아."

율동 씨가 다슬이를 억지로 떼어내려고 하자 다슬이는 아빠 콧구멍에 손가락을 넣고 버텼다.

해피빈에서 개설된 다슬이의 모금함은 네이버 메인 페이지에 소개되었고, 총 17,074,400원이 모금되었다. 그중 300만 원은 해피빈에서 다슬이 사연을 본 빙그레 사회공헌부서 담당자가 바나나맛 우유 매칭 기부 프로그램으로 선정해 준 것이었고, 14,074,400원은 3,327명의 이름 모를 기부자 몫이었다. 질환으로 인해 월 소득에 비해 의료비 지출이 더 많은 사람들을 '재난적 의료비 환자'라고 한다. 정부출연연구소인 보건사회연구원에서 연구한 바에 따르면 연간 발생하는 재난적 의료비 환자 17만 명 중에서 86.6%, 약 15만 명의 사람들이 정부 지원을 받지 못하고 있는 것으로 나타났다.

빚이었던 성록 씨의 마음의 빚

세브란스 병원에서 구호 의뢰가 들어왔다. 합격자 발표 후 입학 전 새내기 모임에서 친해진 아동가족학과의 진호와 사연 글 작성을 담당하는 국문학과의 지은이, 그리고 50만 유튜버이자 든든한 촬영 담당인 언론홍보영상학과의 어진이가 동행했다. 나는 영상 편집을 맡기로 했다. 환자는 길랑바레 증후군을 앓고 있는 성록 씨였다. 환자의 상황을 간략하게 정리해놓은 인테이크지를 읽어보니 성록 씨는 나와 동갑이어서 더욱 그 사연이 와닿았다.

길랑바레 증후군은 면역계가 알 수 없는 이유로 말초신경계의 건강한 신경세포를 공격하는, 현재까지 치료제가 개발되지 못한 희귀한 자가면역질환이다. 자가면역성 다발성 신경염으로 몸의 면역계가 신경계의 수초를 공격해 파괴하는 질병으로 병이 진행되면 통증과 함께 인공호흡이 필요한 상황도 동반한다.

"세브란스에서 의뢰한 건데 세브란스 병원으로 가는 거 아니에요?"

"처음 의뢰받았을 때는 세브란스에 계셨는데 어제 요양원으로 옮기셨대."

"왜요?"

"더 이상의 치료가 의미 없는 상태라고 하시더라고."

"그렇군요…."

우리가 요양원에 도착하니 성록 씨의 어머니가 나와 있었다. 그런데 어머니의 표정이 어두웠다. 보통은 병원비를 마련해줄 사람들이라고 해서 기쁘게 맞아주는데 오늘은 느낌이 영 좋지 않았다.

"선생님들 이쪽으로 오시죠. 성록이는 4층에 있습니다."

어머니는 엘리베이터의 버튼 중 아무 표시도 쓰여있지 않은 버튼을 눌렀다. 요양원 원장이 '4'라는 숫자는 불길하다고 여기는 사람인듯했다.

"오래 걸려요?"

"아뇨. 아드님이 많이 힘들어하시면 무리하지 않으셔도 됩니다."

병실에 들어서자 성록 씨가 침대에 누워있다가 반쯤 몸을 일으켰다.

"안녕…하세요."

성록 씨의 발음이 약간 어눌했다.

"네, 안녕하세요. 세브란스에서 말씀 전해 들었습니다."

"네, 이거…하게 되면 얼마…가 모금이 되나요?"

"네티즌들이 사연을 보시고 얼마나 많이 참여해 주시느냐에 따라 달렸기 때문에 딱 잘라서 얼마가 된다고 말씀드릴 수는 없네요. 저희가 평균적으로 600만 원 정도 됩니다. 그런데 그것도 평균치라 어떤 경우는 1,000만 원, 어떤 경우에는 100만 원 정도라 정확하게 말씀드리기가 어렵네요. 액수를 정확히 말씀드렸다가 실망시켜 드릴까 봐 늘 걱정입니다. 저희가 최선을 다해봐야죠."

"네, 알…겠습니다… 시작해주세요…."

"어디가 어떻게 안 좋으세요?"

"길랑…바레 증후…이라고 하는데… 진행…."

성록 씨는 양 미간을 심하게 찡그렸다.

"진행…성이래요…아파요… 너무 아파요…."

문틀에 기대어 서 있던 어머니가 그 모습을 보고 한마디를 했다.

"성록아, 그만하자. 모금 안 해도 된다니까. 그만해."

"안돼…요. 엄마…할 거…예요."

"이분들 가시라고 할게."

"안…돼… 빚… 엄마 빚…갚아야…지."

성록 씨는 어머니의 말에 우리를 붙잡으려는 듯이 손을 쭉 뻗었다.

"아이구, 이 녀석아…. 걱정 안 해도 된다니까. 아픈 애가 뭘 그런 것까지 신경 써. 네 건강만 신경 써."

어머니는 성록 씨를 안쓰러운 눈빛으로 한동안 쳐다본 후에 우리를 같은 층 복도 끝에 있는 휴게실로 안내했다.

"어머니, 마음고생이 심하시겠네요."

"사실 저는 절대 안 하려고 했었어요. 아들이 자꾸 하자고 하자고 해서 신청하게 한 거예요. 에휴, 아프기 전에도 저 녀석 고집은 아무도 못 꺾었어요."

"혹시 아드님이 아프기 전에 무슨 일을 하셨나요?"

"댄스 강사였어요. 어렸을 때는 선수도 했고, 하도 운동신경이 좋아서 저렇게 될 거라고는 상상도 못 했죠."

"아, 그래서 멋진 옷들이 걸려있었군요."

보통 환자들이 병실에 두는 외출복들과는 달리 화려한 의상들이 벽에 걸려있어서 의아하다고 생각한 터였는데 어머니 말씀을 듣고 보니 이해가 갔다.

"이것 보세요. 우리 아들이 몸도 좋았고 인기가 참 많았어요."

어머니는 핸드폰을 꺼내 우리에게 보여주었다. 핸드폰 사진 속의 성록 씨는 마치 연예인 같아서 어머니의 말에 과장이 없음을 인정할 수밖에 없었다. 그러나 한편으로는 병실에서의 성록 씨의 모습과 대비되어 가슴이 더 아팠다.

"상심이 크셨겠어요."

어머니는 내 말은 들었는지 못 들었는지 우리에게 더 많은 것들을 보여주기에 바빴다.

"동영상도 찍어 놓은 게 있어요."

영상에서 성록 씨는 춤을 추고 있었다. 고난도의 브레이크 댄스였다. 성록 씨가 바닥에 한쪽 손을 딛고 회전을 하기 시작하였다. 몇 바퀴 회전을 하니 자연스레 속도가 늦어져서 이제 멈추는가 싶었는데 갑자기 다시 빨라졌다. 회전은 끝날 듯 끝나지 않을 듯 그렇게 계속 생명을 연장하다가 한참을 더 돌고 나서야 지금까지 본 적 없었던 가장 빠른 속도를 보여준 뒤 끝이 났다. 그리고 그 바로 직후 우레와 같은 박수와 함성 소리가 터져 나왔다. 카메라 밖에 있던 현장의 관중들 소리였다. 소리로 짐작하건대 최소 수백 명의 사람이 모인 것 같았다.

"엄청 잘 나갔네요."

"그쵸? 에휴, 그런데 어느 날 전화를 받았더니 '엄마, 나 세브란스 병원이야.' 그러더라고요"

"그게 언제예요?"

"발병한 지는 1년쯤 됐어요. 의사 선생님이 아직 완치법은 없고 진행을 최대한 늦춰 보는 게 목적이라고 하시더라고요. 근데 그것도 잘 안됐어요. 처음엔 그래도 잘 먹고 걸어 다녔는데 요즘은 1분만 걸어도 힘들어해요. 호흡도 많이 약해지고."

"그래서 이쪽으로 최근에 옮기셨다던데."

"거기서도 진통제 놔주는 거 말고 없었어요. 거기 입원해있으면 병원비가 많이 나가니까요. 여기로 오는 게 낫죠."

"그러셨군요. 여기서도 충분히 관리는 가능하시다는 거죠?"

"여기가 세브란스 협력 요양병원이라 앰뷸런스가 상주해 있다가 바로 전원시켜 준대요."

"당장 얼마 정도 필요하세요?"

"많지는 않아요. 그래도 우리 애가 모아놓은 돈이 좀 있어서 그거로 버티다가 제가 카드 대출을 700만 원 받았어요. 아들이 엄마 신용불량자 된다고 기부금 들어오면 그거부터 갚자고 하네요."

"도움받으실 수 있는 주변 분들은 없으신 거죠?"

"없어요. 제가 혼자 벌고 아이도 혼자 키웠어요. 성인이 되어서는 독립해서 따로 살다가 아프기 시작하면서…."

"에휴, 저도 아버지가 말기 암으로 고생하셨어서…."

"그래요? 많이 힘드셨겠어요."

"그렇죠. 뭐."

"선생님, 저는 성록이가 아프지만 않았으면 좋겠어요. 출산의 고통이 7이라고 하면 10정도로 아픈 거래요. 말이 10이지 그게 상상이나 되나요? 저렇게 성록이가 아프다고 할 때마다 저는 눈을 꼭 감아요. 눈물이 날까 봐요. 성록이는 그럴 때마다 제가 화내는 줄 알 거예요. 하지만 아니에요. 제가 어떻게… 성록이도 저렇게 잘 견디고 있는데… 제가 어떻게 먼저 눈물을 보일 수가 있겠어요."

어머니는 갑자기 잘 참고 있던 눈물을 쏟아내었다.

"아까도 아드님께 말씀드렸지만 저희가 정말 최선을 다해서 노력해 보겠습니다. 어머니, 걱정하지 마십시오!"

그로부터 한 달 뒤 세브란스 병원으로부터 한 통의 전화가 걸려왔다.

"감독님, 안녕하세요. 모금을 조기 종료해야 할 것 같아서 연락드립니다."

"무슨 일이죠?"

"성록 씨가 돌아가셨어요."

"네?"

나는 충격에 말을 잇지 못하였다.

"병세가 급격하게 악화되셨나요?"

"아니요… 그런 건 아니고…."

"그런 게 아니라면요?"

"오늘 새벽에 요양원 창밖으로 뛰어내리셨어요."

"아…."

갑작스러운 병세의 악화로 돌아가셨다는 말을 들었을 때보다 나는 훨씬 더 큰 충격을 받았다. 무슨 일이 일어났던 것인지 곧바로 이해했기 때문이다. 그토록 어머니가 모금을 싫어하는데 왜 그렇게 성록 씨가 모금을 강행했는지도…. 나와 동갑인 성록 씨…. 그래서 더 마음이 갔던 성록 씨…. 어제는 성록 씨의 모금함 액수가 700만 원을 돌파했던 날이었다.

끼 많은 리듬 봉사자들의 활약

29살의 현대자동차 디자이너인 박민희 씨는 카드뉴스와 포스터를 만들어주는 역할을 맡고 있다. 그녀는 기계공학을 전공하였지만, 취미로 배운 디자인이 오히려 자신의 직업이 된 사례였다. 봉사는 늘 하고 싶었지만 디자이너로서 역량을 살려서 할 수 있는 사회 공헌활동이 벽화 그리기 밖에 없었다고 했다. 그런데 벽화 그리기는 너무 간접적이고 실제로 도움이 되는지 의구심이 들었다. 그에 비해 수술비 모금 포스터 제작은 디자이너로서 진짜 제 역할을 하는 기분이 든다고 한다.

대중음악 작곡가 최영일(27세)씨의 이야기다.

"작곡가로서 사회참여를 한다는 것은 지하철 자선음악회뿐이었습니다. 하지만 모금 캠페인에서 제 음악을 듣고 감동을 받아 기부하셨다는 댓글을 보았을 때 제 마음도 움직였습니다."

연세대 언론홍보영상전공 대학생 김어진(23세)씨는 이런 이야기를 전했다.

"저는 이미 사회로부터 많은 것을 받았기 때문에 좋은 일을 나누며 봉사하고 싶었는데 오히려 여기 와서 정말 많이 배웠어요. 처음에는 완전 초보였는데 미디어 봉사활동을 하면서 배운 촬영과 편집 기술은 저에게 개인적으로도 큰 도움이 되었어요."

예술인 봉사자들이 제작한 콘텐츠들은 온라인 디지털 모금함을 개설하는 데 활용된다. 후원 콘텐츠들은 최대한 많은 네티즌들에게 노출되어야 하기 때문에 대한민국에서는 사실상 가장 시장 점유율이 높은 두 가지 플랫폼 중에 하나에서 진행된다. 네이버에서 운영하는 '해피빈'과 카카오에서 운영하는 '같이가치'이다. 하루에도 전국에서 수많은 온라인 모금함이 개설되지만 잘 만들어진 것만이 네이버 첫 페이지에 선정될 수 있고, 카카오톡과 다음포털 메인 페이지에 게재될 수 있었다. 온라인 모금함은 포털 메인에 실리지 못할 경우, 적어도 그 바로 다음 페이지에라도 노출이 되지 않는다면 목표 모금액의 달성이 쉽지 않다. 물론 좋은 콘텐츠는 높은 기부율을 이끌어 낼 수 있겠지만, 그것도 어느 정도 네티즌들에게 선보일 기회를 얻은 다음의 이야기다. 그러니 우선 포털 담당자의 눈길에 들어야 한다. 게다가 양대 포털은 상호 배타적이라서 같은 사연으로 서로의 플랫폼을 동시에 이용할 수 없게 되어있어 기회는 단 한 번뿐이다. 리듬에서 제작한 콘텐츠로 진행된 모금 캠페인들은 평균적으로 250%의 성과를 거두었으니 포털 관계자들을 꽤 만족시켰던 셈이다.

리듬에는 처음부터 실력이 갖춰진 봉사자가 들어오기도 했지만 활동을 통해 함께 성장하는 봉사자들이 더 많았다. 그중 가장 인상 깊은 봉사자는 누가 뭐래도 김어진이다.

입학하기 전부터 예비 합격자 모임에서 만나 친한 형·동생 사이가 된 김어진은 동아리의 창립 멤버 중 한 명이 되었다. 그에 대한 첫인상은 여느 또래들과 다르게 유독 자연을 사랑하는 독특한 고등학생의 모습이었다. 그렇다고 그레타 툰베리와 같은 환경운동가 타입은 아니었고, DMZ에서 국내 미기록종 새를 관찰하고 사진 찍는 것을 좋아하는 '내셔널지오그래픽'의 자연 다큐멘터리 주인공 같은 느낌이었다. 그는 원래 영상을 다룰 줄 몰랐다. 하지만 1분에 24장의 사진을 연속적으로 찍은 결과가 바로 영상이다. 나는 후원 영상 제작을 위해 어진이에게 촬영법을 알려주었고, 사진 기초가 뛰어난 어진이는 영상 촬영 실력도 금세 늘었다. 입학하고 나서는 같은 기숙사에 살게 되어서 틈만 나면 함께 영상을 찍으러 다녔다.

김어진 말고도 최승민이라는 같이 다니던 멤버가 한 명 더 있었다. 승민이는 작곡가로 들어왔는데 어진이와 내가 영상을 찍는 게 재밌어 보였는지 자기도 같이 배워보겠다고 했다. 어진이는 현재 '새덕후'라는 이름으로 46만 명의 구독자를 보유하고 있는 유튜버가 되었다. 유재석이 진행하는 〈유퀴즈〉에 출연하기도 하였다. 같이 다니던 최승민은 JYP 가수들의 뮤직비디오 감독이 되었다.

3.

봉사들

봉사활동의 첫 시작

지금부터는 봉사활동을 해보기로 마음을 먹었는데 어떻게 시작해야 할지 모르는 사람들을 위해 방법을 소개한다.

1. 교내 봉사동아리 가입

중·고·대학교에 재학 중인 학생인 경우 교내 봉사동아리에 가입신청을 하면 된다. 새 학기가 시작하는 매년 3월과 9월에 모집을 하고 있으며, 그 외에도 잘 찾아보면 수시로 모집하는 봉사동아리들도 있다. 한양대학교에서 출발한 '십시일밥'이란 봉사동아리는 대학생들이 강의와 강의 사이의 자투리 시간인 공강 시간에 학생식당에서 봉사활동을 하고, 시급 대신 식권을 받아 취약계층 학우들에게 전달하는 활동을 하고 있는데 현재는 여러 대학교에 지부를 두어 많은 학생들이 참여하고 있다.

2. 동문회 내 봉사 소모임 가입 / 직장 내 봉사 소모임 가입

성인들의 경우 동문회 참석 메일이나 문자를 받은 경험들이 있을 것이다. 대학교, 대학원은 물론, 가끔 고등학교, 중학교까지 동문회가 운영되는 곳이 있다. 동문회에 처음 참석을 하면 서로 모르는 경우가 태반이며 친해지기 위해 등산, 골프, 여행 등 다양한 주제로 개설된 동문회 내 소모임에 가입한다. 봉사 소모임도 그중 흔한 주제이다. 서로의 배경을 모르는 각양각색의 사람들 사이에서 '봉사'는 가장 진입장벽이 낮은 취미활동이기 때문이다. 만약에 봉사 소모임이 따로 없다면 보통은 새로 개설하는 것도 가능하니 자신이 원하는 주제의 봉사 소모임을 만들어보자. 새로운 활동을 찾고 있거나 아직 특별한 취미를 갖지 못한 많은 사람들이 관심을 보일 것이다. 연세대학교 총동문회에 속해있는 '나눔마당'은 83학번 졸업생들이 주축이 되어 설립된 봉사단으로 보육원 방문, 저소득 아동 치과 질환 치료 지원 등 다양한 봉사활동을 하고 있다. 또한 어느 정도 규모 있는 회사들은 직장 내 봉사 소모임이 활성화되어 있다. 포스코에서는 승진 심사에 봉사시간을 반영하고 있어서 직원들끼리 함께 봉사활동을 다니는 문화가 형성되어 있고, 비슷한 내규를 마련한 국내 기업들이 점차 늘어가고 있는 추세이다.

3. 애플리케이션을 통한 모임 찾기

나는 네이버 카페 앱과 당근 앱에서 봉사자를 모집한 적이 있다. 최근에는 스마트폰의 위치정보를 활용한 지역기반 소통채널을 개설한 앱들이 많이 있다. 네이버 카페 앱의 '이웃소식란'에서 지역 봉사 모임들을 찾아볼 수 있고, 이웃 글쓰기를 통해 자신이 봉사자를 모집하는 것도 가능하다. 당근에서는 더 나아가 지역

모임을 개설하고 검색해서 참여할 수 있는 기능을 개별 탭을 통해 제공하고 있다. 그 외에도 우리가 개발한 문화예술봉사 특화 앱 '리듬'과 GPS 기능을 활용해 인기를 끌고 있는 자연보호와 러닝을 결합한 '플러깅 봉사 앱'과 같이 특화된 봉사 앱들도 다양하게 출시되어 있다.

4. 인터넷 검색을 통한 봉사 모임 가입

봉사활동, 연탄 봉사, 노숙인 봉사 등 자신에게 맞는 키워드 검색을 활용하여 인터넷에서 봉사활동을 찾아볼 수 있다. '어떤 버스'라는 봉사 프로그램은 매년 5월, 10월에 홈페이지를 통해서 봉사자를 모집하고 있다. 또한 정부가 운영 중인 봉사활동 웹사이트 'VMS'와 '1365자원봉사포털'이 있다. 이들 웹사이트에서는 봉사활동 프로그램들에 대한 정보가 매주 꾸준히 업데이트되고 있다. 행정안전부에서 운영하는 봉사시스템이 '1365'이며, 'VMS'는 보건복지부에서 운영하는 곳이다. 이런 곳에서 활동하면 정부가 인정하는 봉사시간 인증서를 발급받을 수 있다. 그 외에도 인터넷 카페, 카카오톡 오픈채팅 등을 통해서도 봉사활동 모임을 찾아볼 수 있다. 카카오톡 오픈채팅 탭에서 검색어로 '봉사'를 입력하면 굉장히 다양한 봉사 모임이 소개된다. 다만 이러한 불특정 다수가 참여하는 SNS 봉사 모임은 주최자와 참여자들의 신원이 보장되지 않기에 특히 유의하여 신중하게 접근을 할 필요가 있다.

5. 공공기관, 자원봉사센터, 지역복지관 등을 통한 봉사동아리 가입

정부에서 운영하는 자원봉사센터가 각 지역마다 존재하고 있는 것을 모르고 있는 사람이 많다. 자원봉사센터들은 해당 지역의 비영리기관과 봉사단체들이 운영하는 봉사활동 프로그램의 현황을 파악하고 검증된 봉사활동 프로그램에 참여한 봉사자에 한 해 국가공인 봉사시간을 지급한다. 별도의 건물 없이 구청 등에 입주해 있는 경우가 많으나 규모 있는 독립적인 지역봉사센터나 중앙자원봉사센터 등 거점 자원봉사센터들은 자체 봉사 프로그램도 많이 운영하니 한 번쯤 방문해 보는 것도 좋다.

센터의 직원 상담을 통해 나에게 맞는 봉사활동 프로그램을 추천받거나 자원봉사센터에 비치되어 있는 센터와 교류하는 봉사단체들의 봉사활동 소개 책자나 포스터 같은 것도 참고하면 도움이 된다. 그리고 지역종합사회복지관, 노인복지관, 장애인복지관 같은 일선 복지 기관들은 항상 일손이 부족하기 때문에 늘 봉사자들에게 열려있는 곳이다. 이런 곳은 꼭 봉사 프로그램이 아니더라도 시간이 날 때 방문하면 도울 거리들이 있으니 소속이 굳이 필요하지 않고 봉사의 본질에 집중하며 묵묵히 타인을 돕고 싶은 사람들에게 추천한다.

첫 해외 봉사 : 필리핀을 삼킨 슈퍼태풍 하이옌

국제구호 NGO 휴먼인러브의 김영후 이사장으로부터 다급한 연락을 받았다.

"오늘 새벽 필리핀 타클로반에 인류 역사상 최대 규모의 태풍이 상륙하여 괴멸적인 피해를 입혔다고 합니다. 사망자와 실종자만 해도 수만 명이라고 합니다. 그래서 가급적 최대한 빨리, 가능하면 오늘이라도 저희 구조단을 급파하여 현지에서 응급 피해 복구에 나설 계획입니다. 그때 감독님이 동행해 주셔서 현장 상황을 보도해 주신다면 큰 도움이 될 것 같습니다."

현지에 급파된 인원은 나를 포함하여 5명이었다. 구조단원들과는 통성명만 마치고는 별다른 대화를 이어나가지 못했다. 나 이외에는 서로 잘 알고 있는 듯했다. 타클로반까지는 한 번에 가는 비행기가 없었고 환승을 해야 했다. 나는 수많은 짐들 때문에 매우 괴로웠다. 보통은 촬영만 하면 되었는데 이번에는 현지에서 빠르게 영상을 처리해야 했기 때문에 편집 장비까지 챙겨야만 했다. 게다가 흔들리지 않고 찍기 위한 삼각대, 신속한 촬영을 위해 필요한 보조 장비인 모노포드, 원거리 촬영을 위한 초망원 렌즈까지 합하면 25kg이 넘었다. 특히 영상의 질을 높이려는 욕심에 리니어달리를 챙겨온 것은 정말로 후회가 되었다.

타클로반 공항에 도착한 순간 나는 이 지역에 심각한 문제가 있다는 사실을 바로 알아챌 수 있었다. 오징어 썩는 것과 같은 냄새가 코를 찔렀기 때문이다. 그것이 방치된 시체의 냄새라는 것을 아무도 가르쳐준 적이 없었지만, 저절로 알 것 같았다.

차를 타고 도심으로 진입하자 처참한 풍경이 드러났다. 도로 양옆의 모든 건물과 구조물들이 파괴되어 사방에 납작하게 펼쳐져 있었다. 잘게 부스러진 잔해들은 흙탕물을 뒤집어써 고유의 색깔을 잃어버리고 모두 처참한 흙빛을 띠었다. 수십 킬로미터를 이동하는 내내 그야말로 끝없는 갈색의 대평원이 펼쳐졌다. 군데군데 2미터는 되어 보이는 흰색 물체가 놓여 있었다. 물에 불어난 익사체들이었다. 도저히 한때 사람이었다고는 생각할 수 없는 형태였다.

우리가 도착한 곳은 그나마 마을의 형태가 남아있는 곳이었다. 완파되었다면 복구의 의미도 없을 터였다. 우리나라로 치면 지방의 한 읍내와 같은 느낌이었다. 다만 마을의 형태가 남아있다뿐이지 이 마을 역시 대부분의 건물에 커다란 손상이 있었다.

"Hello."

마을 입구에서 한 여성이 우리를 맞아주었다. 그녀의 이름은 아비게일이고 오르목 초등학교의 교사라고 하였다. 이곳은 타클로반 남쪽의 오르목시티라고 하였다. 우리가 이 지역에 두 번째로 도착한 국제구호봉사단이었다. 아비게일 선생은 한눈에 봐도 수척해 보였다. 영어를 할 줄 알기 때문에 우리를 안내하는 역할을 맡았다. 필리핀은 영어를 공용어로 쓰는 국가라고 하지만 현지 주민들은 대체로 따갈로어라는 고유의 말을 사용하였다.

"초등학교 건물 지붕 위로 나무들이 쓰러져서 일부 교실이 무너졌습니다. 다른 교실들도 곧 무너질 것 같습니다. 아이들이 많이 다니는데, 길 주변 건물들에도 큰 나무들이 덮쳐있어 언제 무너질까 불안합니다."

"그럼 얼른 작업 시작합시다."

봉사단장인 유계열 단장의 지시에 따라 구조단은 일사불란하게 움직였다. 성한 건물에 짐을 풀어놓고 필요한 장비만 챙겨 바로 학교로 이동해 복구 작업을 시작했다. 나무들이 학교 지붕을 뚫고 3개의 교실을 파괴해 놓았다. 학교 정문에는 30미터쯤 되어 보이는 이 동네에서 가장 거대한 나무가 반쯤 부러진 채로 전깃줄과 엉켜 위태롭게 매달려 있었다.

"이 감독, 이거 쓰고 하지."

유 단장은 쳐다보지도 않고 내 쪽으로 휙 안전모를 던졌다. 날이 쨍한 열대지방에서 안전모를 쓰고 몸을 움직이기 시작하자 30분도 안 되어 기진맥진해졌다. 게다가 벌목에는 요령이 없어 잘못된 자세로 일을 하다가 여기저기 까졌다. 아픈 것은 아무렇지도 않았으나 상처 부위로 파상풍에 걸리지 않을까 걱정되었다. 갑작스럽게 출국하느라 동남아시아로 출국시 맞아야 한다던 풍토병 예방주사도 맞지 못했기 때문이다.

우리가 전기톱을 가지고 오자 마을 사람들도 같이 도와주기 시작했다. 장비 없이는 손도 댈 수 없는 것들이 많았다. 몇 명은 사다리를 타고 지붕으로 올라가서 나무를 자르고, 몇 명은 잔해가 밑으로 떨어지지 않게 붙잡았다. 하나의 나무에도 그렇게 작업해야 할 가지들이 많았다. 나무의 몸통은 작업하기가 더 까다로웠다. 잘게 자르자니 너무 오래 걸렸고, 조금만 두껍게 잘라도 사람의 힘으로는 옮길 수가 없었다.

유 단장은 자신을 UDU 출신이라고 소개했다. UDU는 UDT와 같은 특수부대인데 북파공작을 위해 수중잠입과 해상전에 특화된 부대이다. 그는 전역을 하고 나서 부대 동기들과 함께 수중용접을 전문으로 하는 기업을 창업해 성공적으로 운영하고 있었다. 그가 봉사를 시작한 계기도 나처럼 일과 관련된 것이었다.

"우리가 잠수 전문이니까 성수대교 붕괴사건 때 차출이 됐어. 그때 경험 이후로 봉사를 꾸준히 하고 있지. 태안 기름유출 사고 때도 산소통 들고 가서 잠수했고. 원래는 여기서도 물난리가 났다니까 홍수에 떠내려가거나 빠진 사람들을 구조하려고 온 거지."

"좋은 일 하시네요. 그런데 단장님, 정말 북한을 다녀오신 건가요?"

"그랬을 수도 있고 아닐 수도 있고."

다음날 마을 남자들 몇 명이 어두운 표정으로 소총을 들고 학교에 나타났다.

"아비게일, 무슨 일이 있나요?"

"새벽에 총격전이 벌어졌었어요."

"총격전이요?"

태풍으로 이 근방 교도소가 무너지면서 죄수들이 총기들을 탈취하고 탈옥해서 정부군과 교전이 벌어진 것이다. 치안이 불안하다는 말은 들었지만 직접 목격하니 온몸에 소름이 돋았다. 당장 오늘이 생애 마지막 날이 될 수 있을지도 모른다는 생각이 들었다. 이곳은 사실상 무정부 상태나 다름이 없었다. 행정력이 마비되어 대로변 곳곳에 방치된 시신들의 악취가 점점 더 심해졌고, 그 옆에서 아무렇지도 않게 쓰레기를 뒤져서 먹는 사람도 있었다. 이 마을에도 며칠째 식량 공급이 안 되고 있었다. 나는 이런 상황을 영상으로 담아 밤새 편집한 뒤 USB에 넣어 인편으로 전달했다.

3일 후 오전. 힘든 시기가 지나고 기쁜 소식이 들려왔다. 마을 초입 공터에 컨테이너를 실은 차량들이 무더기로 나타났다. 컨테이너 표면에는 반가운 마크와 함께 'UNHCR'이라고 쓰여있었다.

'United Nations High Commissioner for Refugees'

UN에서 구호물자가 도착한 것이다. 몇몇 컨테이너에 낙하산이 달려 있는 것을 보면 수송기가 동원된듯싶었다. 곧 아비게일 선생이 우리를 찾아왔다. 나는 아비게일 선생을 따라 시청으로 갔다. 시청에는 UN의 임시 사무소가 꾸려져 있었다. 거기에는 우리 말고도 다양한 국적의 사람들이 와있었다. 첫날 만났던 말레이시아 단체의 대표도 있었다. 나는 반갑게 인사했다. UN 사람들은 모두 군복을 입고 있었다.

"저는 호주에서 온 UN 평화유지군 사령관입니다. 저희는 이제 막 도착해서 이곳 사정을 파악하려고 합니다. 그러기 위해서 먼저 이곳에 오신 국제구호단체분들의 이야기를 듣고자 합니다."

사령관은 초대형 사이즈의 지도를 테이블에 펼쳤다. 지도에는 현재 위치와 활동하고 있는 각 나라의 구호 단체의 위치가 표기되어 있었다. UN군 사령관은 도착하자마자 일사천리로 일을 진행하였다. 그들의 활동도 일종의 봉사였지만 각국에서 모인 해외봉사자들과 다르게 직접 구호 활동을 펼치기보다는 국가 행정력의 공백을 메우고 시스템을 구축하는 데 주력하였다. 사령관이 우리를 모은 이유는 세계 각국에서 온 봉사단체와 개인 봉사자들의 활동을 파악해서 효율적으로 배치하기 위함이었다. 한국은 필리핀과 가까운 거리에 있어 우리 팀은 이곳에 일찍 도착한 편이었기 때문에 보고할 거리가 많았다. 사실 보고하고 보고받고 해야 하는 수직적인 상하 관계는 아니었지만, UN이 도착하니 자연스럽게 모두 그들을 따랐다. UN은 안보리 상임이사국의 허수아비라는 소리만 듣고 자란 나였지만 그래도 UN은 UN이구나 하는 생각이 들었다.

사령관이 내게 무엇이 가장 문제가 되는지 물어보았을 때 나는 방역 조치가 이뤄지지 않아서 전염병이 도는 것이 가장 걱정되며, 두 번째로는 치안이 확보되지 않아 불안하다고 말했다. 사령관은 이런 일에 익숙한지 조금의 표정 변화도 보이지 않았다. 회의가 끝나고 그들은 한두 가지 서류에 이름과 연락처를 받아 갔다. 시청 문밖을 나서자 앞에는 필리핀의 수도 마닐라에서 온 방송국 사람들이 나와 있었다. 그들은 우리에게 인터뷰를 요청했다.

"한국 팀이시죠? 영상 잘 받았습니다. 우리를 위해 이렇게 도와주셔서 정말 감사드립니다."

"이런 비극적인 일이 발생하여 유감입니다. 끝까지 희망을 잃지 않으셨으면 좋겠습니다."

기자단 사이에는 한 국내 대형일간지의 기자도 있었다. 그런데 그의 태도는 다른 기자들과 사뭇 달랐다.

"아휴 더러워. 여기서 어떻게 지내란 말이야."

필리핀 사람들은 한국말을 못 알아들을 거라고 생각했는지 불평불만을 있는 그대로 드러내었다. 기자는 대뜸 내게 점심으로 어떤 음식을 먹었느냐고 물어보았다. 첫날 이후로 우리는 이 지역 주민들이 해주는 필리핀 가정식으로 끼니를 해결하고 있었다.

"여기 음식 역겹지 않으세요?"

필리핀 가정식은 내 입맛에 전혀 맞지 않았지만 지금 상황에서 어린아이같이 투정만 부리고 있는 기자가 나는 더 역겨웠다. 기자가 떠나고 나서 나는 유 단장에게 어떻게 저런 행동을 할 수 있는지 따져 묻고 싶었다. 하지만 세상을 나쁘게 보지 않기로 결심한 사람답게 유 단장은 '밤 비행기로 오느라 많이 피곤했을 것'이라며 슬며시 기자 편을 들어주었다.

"오늘이 마지막 밤이네."

"수고 많으셨습니다."

"이 감독도 수고 많았네."

"단장님은 해외에 많이 다녀보셨겠네요."

"그렇지."

"저는 거의 못 가봤어요."

"그렇구만. 앞으로 많이 다녀보면 되지."

"어디가 제일 좋으셨어요?"

"팔라우지."

"거긴 어디예요?"

"태평양 한가운데 있는 나라야."

"거기 시설이 좋나요?"

"시설? 그런 건 없어."

"그럼 뭐 하고 보내세요?"

"우리는 거기 작은 섬 하나를 통째로 빌려. 그리고 일주일 치 먹을 것도 잔뜩 챙기지. 우린 잠수부잖아. 팔라우에는 세상에서 가장 아름다운 바닷속 풍경이 있지. 거기서 일주일 내내 스쿠버다이빙도 하고 스노클링도 하다 보면 시간 가는 줄 몰라. 또 밤에는 쏟아지는 별빛 때문에 눈이 부셔서 잠을 잘 수가 없을 정도야."

"말씀만 들어도 너무 아름답네요."

"자네도 같이 가."

"언제 또 갈 계획이 있으세요?"

"내년 7월에."

"좋습니다."

"일정 잡히면 이 감독한테도 알려줄게."

하지만 우리의 약속은 실제로는 이뤄지지 않았다. 그 해 일어난 세월호 참사에 유계열 단장이 민간잠수사들을 이끌고 구호작업에 나섰기 때문이다.

다음 날 아침 아비게일 선생과 주민들이 마을을 떠나는 우리를 배웅해 주러 나왔다.

아비게일 선생의 손에 웬 서류철이 들려있었다. 그가 건넨 서류는 우리 구조단원 각자의 이름 옆에 오르목시 교육감의 직인이 찍힌 감사장이었다. 아비게일의 눈치로 보아 우리를 위해 무슨 선물을 준비하는가 싶긴 했었는데 그것이 감사장일 줄은 상상도 하지 못했다. 나는 이런 것을 처음 받아보았다. 단순히 종이 한 장일 뿐이지만 필리핀 정부로부터 그동안의 고생을 인정받은 것 같아 그 어떤 선물보다 기뻤다.

"와~ 고맙습니다. 정말 영광이네요."

"나는 돈이 없으니 이런 것 말고는 해줄 수 있는 것이 없습니다."

아비게일 선생은 눈물을 글썽였다.

"정말 고마워요."

"감사합니다."

"인터넷이 되면 페이스북으로 연락해요"

"네, 조심히 들어가십시오!"

"Thank you. Thank you! Thank you Korean!"

오르목 사람들은 떠나는 우리가 작아져서 보이지 않을 때까지 손을 흔들었다.

하이옌은 2013년 11월 필리핀을 강타한 슈퍼태풍으로, 공식적으로 전 세계에서 발생한 모든 태풍, 허리케인, 사이클론 전체를 포함한 열대저기압 중 최대풍속 1위를 기록하였다. 필리핀은 이 태풍으로 국가재난사태를 선포하였다. 우리 정부가 500만 달러를 지원하였고, 3년간 2천만 달러 무상원조 지원을 하는 등, 세계 각지에서 구호 기금과 구호 물자 지원이 이어졌다. 사망자 6,009명, 실종자는 1,779명, 부상자는 2만 3,500명으로 최종 집계되었다. 이 중 한국인 사망자는 6명이었다.

티끌의 힘이 태산의 힘으로, 봉사동아리연합회

자원봉사센터장 송인한 교수가 나를 아펜젤러관으로 호출하였다. '시민사회와 자원봉사'라는 학생들 사이에서 인기가 많은 강의를 개설하고 있는 송 교수는 '리듬'과 같은 봉사동아리들이 별다른 지원을 받지 못하고 있는 것을 안타깝게 생각한다고 말한 적이 있었다. 국가도 해결해 주지 못하는 일을 학생들끼리 해결하는데 학교에서 밥값도 지원 못 받는다니 말도 안 된다는 것이었다. 그로부터 몇 달 뒤 송 교수는 지난번 자신의 말이 단순히 인사치레의 걱정이 아니었음을 증명해 보였다. 봉사동아리연합회 설립을 지원해 주겠다고 공언한 것이다. 봉사동아리들의 활동을 체계적으로 뒷받침하는 지원조직의 필요성을 이야기한 적이 있긴 하지만 개인적으로 시간을 많이 뺏길까 봐 걱정은 되었다. 게다가 송 교수의 진정성과는 별개로 사실상 학부생이 교수의 제안을 거스르기는 어려웠다. 그래도 한 가지 다행인 점은 현재의 '리듬'의 운영은 후배들이 중심이 되어 잘 굴러가고 있다는 것이다.

나는 리듬을 포함한 13개 봉사동아리 회장들을 만나 봉사동아리연합회의 설립 취지를 설명하고 참여를 권유했다. 물론 좋은 뜻만 가지고서는 이해관계가 다른 동아리들끼리 쉽게 연합이 결성될 수는 없었다. 그래서 참여에 따른 특전을 마련하였다.

첫 번째로는 기관장 명의의 표창장 또는 활동 인증서 발급이었다. 자원봉사센터는 글로벌사회공헌원의 부속 기관이었는데 공헌원의 원장은 반기문 전 UN 사무총장이어서 상당히 높은 격의 포상이 되었다. 두 번째 혜택은 활동지원금이었다. 참여 동아리당 학기마다 한 번씩 30만 원을 지원해 주는 것이다. 세 번째는 봉사활동 시간의 공식적인 지급이었다. 진학이나 취업에 공인된 봉사시간 인증이 필요한 학생들이 있었다. 네 번째는 5만 명 이상의 구독자가 있는 홍보 메일 발송, 건물 외벽에 포스터 및 현수막 게재 등의 마케팅 지원을 해주는 것이었다. 다섯 번째로는 봉사동아리들만이 쓸 수 있는 전용공간의 제공이었다. 이러한 조건을 모두 모아놓으니 웬만한 동아리연합회들보다 훨씬 나았다. 게다가 중복소속 또한 허용했다.

송인한 교수가 나의 무급 봉사를 대가로 대부분의 요구를 들어주었기 때문에 봉사동아리들을 영입하는 데에는 큰 어려움이 없었다. 봉사동아리연합회 소속 동아리 중에는 인원이 200명이나 되는 큰 동아리도 있었고, 10명도 안 되는 작은 규모의 곳들도 있었다. 설립된 지 4년밖에 안 된 리듬에 비해 50년이 넘는 역사를 가진 봉사동아리도 있었다. 그러나 각 동아리들은 그 규모와 관계없이 다양한 영역에서 각자 모두 의미 있는 활동들을 해나가고 있었다. 연합회에 참여한 봉사동아리들의 봉사자 수를 모두 합하면 1,200명에 달했다. 나는 이렇게 많은 대학생들이 더 나은 세상을 만들기 위해 자발적으로 모이고 있다는 사실에 놀랐다. 어른들은 요즘 세대들이 의식이나 시대정신이 부족하다고들 말하는데 그것은 단편적인 사실이었다. 실제로는 그보다 문제가 복잡했다.

80년대와는 달리 요즘의 부조리는 훨씬 교묘해져서 과거와 같은 명백한 인권침해에 맞서 싸우는 것이 아니라 보다 은밀한, 이를테면 CDS(신용부도스와프)나 약탈적 헤지펀드와 같은 것들에 대응해야 했다. 청년들의 의식 수준이나 도덕적 감수성은 예전 그대로일지 모르나 한점으로 뭉쳐 의지를 투사할 곳이 없었다. 그런 사이에 학점 경쟁은 심해지고 남녀갈등이 조장되고 일자리는 줄어드니 파편화될 수밖에 없다. 그럼에도 불구하고 봉사동아리가 점점 더 늘어나고 있는 사실을 통해 더 나은 사회를 위한 개개인의 열망은 이전 세대와 결코 달라지지 않았다는 것을 나는 알 수 있었다.

보통의 동아리라는 것이 사람들의 취미생활에 그 기반을 두고 있다고 하면 봉사동아리는 세상을 바라보는 가치관에 기반을 두고 있다. 이를테면 음악을 좋아하는 사람들, 노래를 잘 부르는 사람들, 또는 악기를 배워보고 싶은 사람들은 밴드나 뮤지컬 동아리, 합창단, 오케스트라 동호회에 가입을 한다. 또 운동이 취미인 사람들은 농구, 복싱, 스키, 크로스핏, 마라톤, 자전거 동호회를 가입한다. 바로 재미와 직결되는 활동들이다. 이는 매우 직관적이다. 하지만 봉사동아리에 지원하는 사람들은 재미를 느끼는 경로가 가치관의 추구에서 나온다. 이를테면 지구 환경을 지키고 싶은 사람들은 환경봉사동아리인 '연그린'에 가입을 했고, 기업도 사회적 책임이 필요하다고 생각하는 사람들은 사회적 기업동아리 '180Degree'에서 활동을 했으며, 저소득층의 주거 안정이 중요하다고 생각하는 사람들은 해비타트 동아리 '세움'에 가입을 했다. 그리고 그런 것보다는 장르를 가리지 않고 도움이 필요한 곳에 발 빠르게 찾아가는 실천이 중요하다고 생각하는 사람들은 연탄봉사와 같은 일일 봉사를 진행하는 'VC'에 가입을 했다.

이들의 공통점은 자신이 옳다고 생각하는 일에 적극적으로 참여함으로써 보람을 느낀다는 것이었다. 물론 마라톤 동호회에서도 완주 후에 큰 보람을 느낄 수 있고, 해비타트 동아리에서 집을 수리하는 일 자체에 재미를 붙인 사람들도 있겠지만 어디까지나 공식적으로 집수리를 하는 이유는 동아리원을 위한 것이 아니라 새집에 살게 될 거주민 때문이라고 할 수 있다.

의미 있는 손길, 의청과 아우린_DB의 봉사활동

의청은 '의료청년구국봉사단'의 약자로 민주화운동 당시에 공권력에 의해 다친 사람들을 치료하기 위해 의대생과 간호대생들이 모여 만든 역사가 깊은 봉사단이다. 그들은 민주화운동이 끝나고 난 후에도 재능을 살려 기여할 수 있는 방법을 찾았는데 서울역과 영등포역 등지에서 노숙자들을 위한 의료봉사를 하는 것이었다. 의과대학이 정원이 꽤 많은 단과대이다 보니 의청 또한 200명이 넘는 인원으로, 규모로는 손꼽히는 대형 동아리였다. 의청에는 자원도 풍부했다. 하지만 그럼에도 불구하고 동아리의 활동에 어려움을 겪고 있었다. 가정 먼저 법적인 문제가 따랐다.

의사 면허 국가고시는 대부분이 합격하기 때문에 사회에서 의대생들은 사실상 의사와 다름없는 대우를 받고 있긴 하지만, 실제로 졸업하기 전까지는 의료행위를 하는 것이 엄연히 불법이었다. 40년 전 시위현장에서 다친 사람들을 응급처치하는 상황에서는 그런 것을 따질 계제가 아니었으나, 지금은 어느 정도 지식이 있는 고학번이라 하더라도 서울역 광장에서 백주에 하는 무면

허 진료행위는 조심스러울 수밖에 없다. 그래도 명색이 의료봉사인데 어르신들과 말동무가 되어드리는 것 이상의 활동을 원했던 의청의 운영진들은 졸업한 선배들에게 부탁해 한 명씩 돌아가면서 현장에서 처방전을 발행할 수 있도록 해보자는 아이디어를 내었다. 그러나 면허를 가진 선배가 오더라도 노상에서 진료를 하기 위해서는 X레이, 초음파 등 진단 장비가 탑재된 특수차량을 공수해야 했다. 또한 소모성 재료비가 꽤 많이 들었다. 붕대, 거즈, 솜, 주사기, 수액, 진통제, 알코올, 소화제 등 한번 나갈 때마다 많은 비용이 청구되었다. 이 모든 문제를 다 해결하기에는 불가능해 보였는데 그럼에도 내가 본 의청의 운영진들은 좌절하는 법이 없었다. 선배들이 병원장으로 있는 병원에 찾아가 특수차량을 빌리거나 제약회사들로부터 소모품을 기부받는 등 나름대로 해결 방안을 강구하여 동아리의 옛 정신을 이어나가기 위해 노력했다. 훗날 의청 부대표였던 박성민은 의청의 임기를 마치고 봉사동아리연합회를 운영하기도 하였다.

'아우린(아름다운 우리 이웃(隣))'도 의청과 같은 의료봉사를 표방하고 있는 간호대 중심으로 운영되는 동아리이다. 의료봉사의 내용도 환자의 돌봄에 그 무게를 두고 있다. 주로 소아암, 아동 호스피스, 발달지연 아동에 대한 놀이 봉사를 계획하여 환아들과 유대관계를 형성하곤 했다. 일주일에 한 번 4~5명씩 짝지어진 동아리 부원들이 매주 봉사를 다니는데 세브란스 암 병동에서 소아암 환아를 대상으로 여러 가지 놀이를 통한 호스피스 활동을 했다. 현직에 있는 선배들인 의료병동 간호사들을 통해 동아리 부원들과 환아들을 연결하여 일대일 놀이 봉사를 진행하기도 했다. 그리고 부원들이 각자의 용돈을 모아 환아들이 사용할 수 있는 장난감을 '아우린_DB'의 이름으로 기부하였다. 봉사동아리연합회에서 지원받은 금액도 자신들이 사용하지 않고 환아들을 위한 새해 선물을 구입해 부원들이 직접 손으로 쓴 편지와 함께 전달하고 있다.

통통 튀는 플리마켓 봉사동아리 '봉봉'

봉봉은 플리마켓 콘셉트 논의와 제품 제작을 위해 매주 월요일 수업이 모두 끝난 후에 정기모임을 진행하였다. '플리마켓'이란 각자 집에서 안 쓰는 물건을 공공장소에 가지고 나와 매매나 교환 등을 하는 환경운동의 하나로 '벼룩'을 의미하는 'flea'가 그 어원이다. 우리가 흔히 일컫는 '벼룩시장'이다. 봉봉은 주로 유동인구가 많은 곳에서 플리마켓을 진행했다.

이들은 한 학기 활동을 시작하기 전에 미리 플리마켓 일정을 짜서 SNS에 공지하고, 예쁜 포스터를 만들어 여기저기 붙여놓는다. 봉사동아리연합회에서는 봉봉이 원하는 날짜에 학생회관 로비의 점유허가를 받고 배타적 사용권리를 보장해 주는 등의 행정적 지원을 해주었다.

봉봉이 여는 플리마켓에는 중고품뿐만 아니라 봉사자들이 직접 만든 아기자기한 액세서리들도 판매했는데 이런 것들은 장이 열리자마자 금방 품절이 될 정도로 인기가 많았다. 그리고 봉봉은 플리마켓의 판매수입 전액을 강서구에 있는 가양 4 종합사회복지관에 기부했는데, 매출원가를 제하지 않은 전체 매출액이었다. 보통 기업에서 이러한 형태의 기부 행사를 진행하는 경우 대부분 조그마한 글씨로 한 켠에 수익금을 기부한다거나 수익의 일부를 기부한다고 쓰여 있는데, 그러면 장부상으로 수익을 발생시키지 않는다든지 수익 대비 기부비율을 말도 안 되게 낮게 설정해 놓든지 하는 식으로 기부마케팅의 좋은 이미지만 가져가고 실질적인 손해는 거의 감수하지 않는다. 봉봉은 기업들의 이러한 행태를 꼬집으면서 봉사자들이 낸 회비로 부스 설치비와 액세서리 재료비 등 플리마켓 운영 과정에서 발생하는 모든 비용을 충당하였다.

지구의 청소부, 환경보호 동아리 '연그린'

'연그린'은 실천 가능하면서도 실용적인 환경보호 활동을 전개하는 봉사동아리이다. 연그린의 대표적인 프로그램으로 '재찌향 프로젝트'가 있다. 우후죽순 들어서는 커피전문점으로도 알 수 있듯이 우리나라 사람들의 커피 수요는 굉장히 높아지고 있는데 연그린은 커피를 내리고 난 후 남은 커피 찌꺼기를 재사용할 수 있는 실용적인 아이디어를 제시하였다. 버려지는 일회용 컵과 커피 찌꺼기를 재활용해 천연 제습기를 만드는 것이다. 앞서 이야기한 플로깅도 연그린의 대표적인 봉사 프로그램이다. 플로깅은 토요일에 여의나루역에 모여서 한강 변을 걸으며 쓰레기를 줍는 프로그램이다. 이러한 활동들은 동아리에 꼭 가입하지 않더라도 연그린이 운영하는 SNS를 통해 장소와 일시가 공유되며, 환경보호에 관심이 있는 사람이라면 누구나 참여할 수 있도록 열려 있다. 그 외에도 연그린 부원들은 자신들의 돈으로 '우산 빗물 제거기'를 구입해 비 오는 날, 사람들이 많이 드나드는 건물 입구에 설치하기도 했다. 일회용 우산 비닐 커버 대신, 재사용이 가능한 우산 빗물 제거기를 사용하도록 장려하는 것이다.

생태와 환경에 관심이 커지고 있는 요즘, 연그린에 매해 더 많은 봉사자들이 지원하는 것이 눈에 띄었다. 나와 함께 활동했던 연그린 출신의 신미혜 씨는 대학 졸업 후 서울시자원봉사센터의 직원이 되어 다시 반나게 되었는데, 그녀는 자신의 경험을 살려 서울 시내 봉사자들의 활동 기반을 마련하는 데 애쓰고 있다.

국제 대학 봉사연합체 USRN

봉사동아리연합회는 현재 USRN에도 참여하고 있다. USRN은 The University Social Responsibility Network(대학교사회책임연합)의 약자로 세계 각국의 대학들이 모여 만든 봉사단체이다. 케임브리지대, 베이징대, 홍콩과기대, 교토대 등이 소속되어 있다. 매년 각 학교에서 소수의 학생들을 선발하여 함께 국제사회공헌활동을 진행하기도 한다. USR 활동의 일환으로 봉사동아리연합회에서는 매년 USR Month를 개최하고 있다. USR Month에서는 수도권 봉사동아리들이 한자리에 모여 국제기구 종사자 및 국내외 활동가들을 초청해서 강연을 듣고 강연자들과 함께 네트워킹을 가지는 행사를 진행하였다.

지연·학연으로 똘똘 뭉친 중장년층 사회인 봉사동아리

가장 왕성한 사회활동을 하고 있는 4~50대들은 어떤 봉사를 할까? 어쩌면 이 세대는 양육과 가장으로서의 역할 때문에 봉사를 하고 싶은 마음이 들어도 그럴 겨를이 없어 보이기도 한다. 하지만 통계자료에 따르면 실제로는 20세 이상 성인 중 중장년층은 가장 많은 비율의 사람들이 봉사에 참여하고 있는 세대이다. (봉사활동이 의무교육에 포함된 이후로 통계상으로는 10대가 가장 높은 봉사활동 참여율을 보였다) 이들 세대의 봉사활동이 지금껏 가장 외부에 잘 알려지지 않던 봉사활동일 것이다. 그럼에도 불구하고 절대적으로는 많은 수의 중장년층이 봉사에 참여하고 있다.

그중 인상 깊었던 동아리는 '씨실'이라는 프로보노 단체이다. 사단법인인 '희망 시민 플랫폼 씨실'은 조영철 변리사님이 대표를 맡고 계시며, 교수, 회계사, 의사 등 사회에서 이미 자리를 잡은 전문가들이 모여 우리 사회에 기여를 하고자 하는 마음으로 만든 단체였다.

씨실을 알게 된 계기는 인터넷 기사 때문이었는데, 기사를 보고 무작정 찾아간 씨실에서는 우리가 오로지 봉사활동에만 집중할 수 있도록 법률·회계서비스와 모임 장소, 인적네트워크 등을 제공해 주었다. 이러한 전문직 종사자들의 재능기부 활동을 '프로보노'라고 일컫는다. 프로보노는 라틴어 '프로 보노 퍼블리코(Pro Bono Publico)'의 줄임말로, '공익을 위하여'라는 뜻이다.

프로보노의 시작은 미국 변호사들의 공익활동으로부터 비롯되었다. 일부 변호사들이 모여 변호사를 선임할 경제적 여유가 없는 개인 또는 단체에 대하여 보수를 받지 않고 법률서비스를 제공하는 활동이다. 하지만 지금은 법률뿐 아니라 의료·교육·경영·전문기술 등 다양한 분야의 전문가들이 행하는 봉사활동을 통칭하는 말로 의미가 확장되었다.

씨실의 정기모임 자리에 나도 몇 번 초대되어 갔는데 전문가 집단이라고 해도 그 분위기가 대학교 봉사동아리와 크게 다르지 않았다. 공식적인 일정을 마친 이후에는 치킨집에서 맥주잔을 부딪히며 교우하고 친목을 다지면서 격의 없이 서로가 서로에게 좋은 친구가 되어주는 그런 모임이었다.

동문회 봉사동아리도 4~50대가 활동하기 좋은 환경을 갖추고 있다. 고등학교 동문이라고 해도 지역적, 시대적 배경의 추억을 공유할 뿐이지 재학시절 때는 서로 몰랐던 사람이 대부분이다. 게다가 총동문회처럼 학년까지 다른 사람들이 모이면 거의 남이라고 봐도 무방하다.

나이가 들면 들수록 격의 없이 친구를 사귈 수 있는 기회는 줄어든다. 사회생활을 하면서 알게 된 사람들은 직책의 상하 관계라든지, 거래처 사람이라든지, 고객이라든지 다소 복잡한 이해관계가 얽혀있어 마음을 터놓고 교우하기가 쉽지 않다. 그런데 동문회는 현실에서 벗어나 교류할 수 있는 새 친구들을 만날 수 있는 장이기도 하다. 동문회 산하 봉사동아리 활동을 하는 사람들도 동문회에서 처음 만나 사귀게 된 사람들이 대부분이라고 했다.

대학 졸업 25주년 재상봉 행사를 계기로 모인 동문들이 자발적으로 구성한 봉사단체인 '나눔마당'도 씨실처럼 활발한 활동을 전개해나가고 있었다. 회사원, 강사, 주부, 자동차판매원, 기자 등 다양한 분야의 사람들이 모여 있었고, 이들은 주로 50대 중반이었다. 구성원의 연령대는 씨실과 비슷했지만 활동의 방향성에는 많은 차이가 있었다.

씨실은 보다 정적이고 지식 집약적인 봉사 프로그램을 제공했다면 나눔마당은 단원들에게 연탄 봉사처럼 현장성 있고 활동적이며, 누구나 쉽게 참여해 땀 흘린 만큼의 보람을 얻어갈 수 있는 봉사활동을 진행했다. 한 번도 계산이 틀린 적 없을 것 같은 냉철한 고속도로 톨게이트 직원 스타일의 중년 여성이나 은행 창구 직원 뒤편에 근엄하게 앉아 있을 법한 중년 남성이 함박웃음을 띠는 것을 보고 있노라면 나눔마당은 참가자들에게 다시 학창시절로 돌아간 것 같은 느낌을 주는 듯했다. 이들은 연탄 봉사뿐 아니라 장애인들을 위한 봉사, 보육원 아이들과 함께 하는 합창 공연 등을 통해 일상 속에서 즐겁게 봉사활동을 해나갔다.

나눔마당은 신문방송학과 83학번인 이혜영 씨가 회장을 맡고 있었다. 봉사동아리연합회 활동의 일환으로 알게 된 이혜영 선배는 이 까마득한 후배를 만날 때마다 잘 먹고 다니라며 항상 최고급 식당을 예약해 주었다. 또한 선배는 어려움이 있을 때마다 마치 자기 가족의 일처럼 열심히 해결책을 알아봐 주었다. 한번은 땅끝마을 해남에서 리듬으로 긴급 구호 요청이 들어왔다. 그런데 제시간에 해남까지 갈 차편을 구하기가 마땅치 않았다. 이혜영 선배에게 고민을 상담한 지 30분도 채 지나지 않아 나눔마당의 장 선배가 쏘나타를 끌고 우리 앞에 나타났다.

"얼른 가자고 후배들, 내비 찍어."

나눔마당의 이야기는 CBS 방송을 통해 '사랑을 실천하는 선한 이웃'으로 소개된 바 있다. 그리고 2018년에는 사회봉사상을 수상하였다. 그 상은 오랜 시간 동안 지역사회의 선배들이 선행을 베푼 결과였다.

동병상련의 위대한 힘, 당사자 자조모임

어떤 봉사 모임은 자신들 스스로가 봉사대상자이자 동시에 봉사자들이기도 했다. 대표적으로 환우회가 있다. 그들은 희귀난치병을 가진 환자와 그 가족들로 병원에서 자연스럽게 서로를 알게 되어 모임을 결성하고 서로를 돕는다. 질병에 대한 정보 공유는 물론, 모임을 통해 같은 어려움을 겪고 있다는 동질감으로 정서적 위로도 얻는다. 환우회는 병종마다, 또는 지역 거점 병원마다 구성되어 있기도 하며 네이버나 다음 카페를 통해 전국 단위의 커뮤니티가 만들어지기도 한다.

또 다른 당사자 자조모임으로 탈북자 모임이 있다. '북한이탈주민'이라고도 하는 탈북민들은 생활력이 강하지만 반대로 시장경제체제에 적응을 못해서 도태되는 경우도 많다. 새삶인협회의 이장열 회장과 유정희 사무장은 정착에 성공한 탈북민들이다. 그들은 한국 사회 적응에 어려움을 겪고 있는 탈북민들을 돕기 위한 봉사단을 설립하여 10년째 운영하고 있다.

유정희 사무장은 울산에서 배달 전문 과일가게를 운영하고 있는데 특유의 근면 성실함으로 합리적인 가격에 과일들을 먹기 좋게 손질하여 판매함으로써 지역에서 독보적인 인기를 누리고 있다. 이장열 회장은 트럭 운전기사로 한국에서는 젊은 사람들이 꺼려 하는 운송업에 일찍이 뛰어들었다. 그는 화물을 내리고 실을 때 운전석에서 가만히 기다리고만 있지 않고 적극적으로 돕는 등 궂은일을 마다하지 않으며 업계에서 좋은 평판을 쌓아 자리를 잡았다. 그들은 그렇게 해서 번 돈으로 자신을 위해 사용하는 것이 아니라 탈북민 봉사단을 설립하고 운영하는 데 많은 지출을 했다. 또한 유정희 사무장은 탈북민들이 가장 어려워하는 공문서 작성이나, 계약, 행정서류 발급작업을 도와주고 있다.

한국미혼모지원네트워크의 유미숙 국장은 내가 만나본 사람 중에 구호대상자들과 가장 깊은 관계로 나아가는 사람이다. 그녀는 경제적인 어려움을 겪고 있는 미혼모들에게 기금을 전달하는 것을 넘어 자녀교육, 주거환경 개선, 일자리 알선 등 친가족처럼 구호대상자들을 보살펴주었다. 그 역시 홀로 아들을 키워낸 탓에 명예나 돈보다는 자신과 관계를 맺고 있는 미혼모들의 삶에 관심이 더 많았다. 그녀의 도움으로 자립에 성공한 한부모들이 한국미혼모지원네트워크의 가장 열성적인 회원이 되는 것은 당연한 수순이었다. 지금도 한국의 많은 비영리단체[4]들이 컨설팅 회사에 돈을 주고 맡긴 수백 장에 달하는 화려한 PPT와 사돈의 팔촌

4) 비영리단체 : 사회복지법인, 협동조합, 시민단체, 사단법인, NGO, 비영리민간단체 등

에 이르는 갖은 인맥을 동원해서 정부 부처나 기업으로부터 예산을 따내기 위해 사활을 걸고 있는 중이다. 그러나 한국미혼모지원네트워크는 그러한 일체의 영업활동이 없음에도 여성가족부나 하나금융그룹과 같이 함께 일해본 기관들로부터 먼저 더 많은 한부모지원프로그램 예산을 운용해달라는 제안을 받았다. 하지만 그들은 지금 하고 있는 활동에 더 집중하겠다며 일체의 제안들을 모두 거절하였다.

4.

모금과 기부

봉사활동 이면의 또 다른 고충

내가 다닌 학교에는 참 대단한 사람들이 많았다. 몇몇은 사회 통념상 천재라고 불러도 무방했다. 그 해 유일한 수능 만점자인 전봉열이 동기였고 백종원이 과 선배였다. 신문지상에서 접해왔던 유명 인사들을 대면하는 것이 어려운 일도 아니었다. 전봉열과는 같은 수업을 듣고 학생회관 지하 1층에서 남경필 지사를 만나 이야기를 나누고 명함을 받을 수도 있었다. 하지만 외부에 알려진 그들보다 나를 더욱 놀라게 했던 동기들도 있었다. 문화인류학과의 최단비는『오래된 미래』라는 세계적인 베스트셀러를 저술한 저명한 문화인류학자 헬레나 호지 박사의 연구원이라고 했다. 이들이 만으로 18살밖에 안 되었다는 사실이 믿기지 않았다.

"어떻게 고등학생 신분으로 세계적인 석학의 연구소에 들어갈 수가 있었어요?"

"중학생 때『오래된 미래』를 읽고 호지 박사님께 수십 통의 메일을 보냈어요. 그러던 어느 날 답장이 온 거예요. '지금 자신이 인도에 있는 라다크에서 연구를 하고 있으니 한번 찾아와보겠냐'

라고요."

"중학생이 어떻게 거기까지 가요? 비행깃값도 만만치 않았겠는데요."

"네. 그래서 국내의 관련 전공 교수님들께 또 메일을 보냈어요. 그랬더니 한 교수님이 연락을 주셨어요. 카이스트 교수님이셨어요. 바로 대전으로 찾아갔죠. 교수님은 호지 박사와 개인적인 친분이 있는 한국인은 우리나라에 없으니 호지 박사와 알고 지내는 한국인이 있다는 것은 학계에 좋은 일이라 생각한다고 하시면서 항공편을 마련해 주셨어요."

천문우주학과의 박병수는 국제올림피아드에서 2위를 2년 연속 수상한 학생이었다.

"두 번이나 이스라엘 애들을 못 이긴 게 한이에요."

그들을 보면서 나는 열등감의 개념을 다시 정립할 수 있었다. 남들보다 이른 나이에 상식적으로 이뤄낼 수 없는 결과물을 만들어 낸 사람들을 보면 경쟁심을 느낀다기보다는 경이로웠다. 그렇지만 동기들의 성취를 항상 좋게 받아들일 수 있는 것만은 아니었다. 어리고 젊고 유망한 사람들을 알아가면 알아갈수록 내가 얼마나 불운했고 얼마나 뒤처졌는지에 대해서만 자꾸 돌이키게 됐다. 이런 감정을 헤쳐나갈 교과서적인 정답은 있었지만 말처럼 쉽게 되지는 않았다.

호지 박사의 연구원이던 최단비를 다른 행사에서 다시 만나게 되었을 때였다.

"안녕하세요."

"반갑다. 요즘 어떻게 지내니?"

"제가 유네스코 한국위원회에서 전통문화보존 자문위원을 맡게 되었어요. 경상남도 진해군 문화 엠버서더가 되었고요."

"그래, 잘됐구나."

"참, 인문사회 교수회 장학금도 받게 되었어요."

"대단하다. 많이 바쁘겠네."

"네. 그런데 서울대 이문호 교수님 랩실에 합류하게 되면 더 바빠질 것 같아요."

"오랜만에 만났는데 할 이야기가 스펙에 대한 것밖에 없니?"

나는 말을 마치자마자 곧 후회했다. 내 태도는 쓸데없이 공격적이었다. 사실 열등감의 발로나 다름이 없었다. 봉사활동에 너무 많은 시간을 할애하는 것은 내 삶의 불확실성을 키우고 미래를 불투명하게 만들고 있었다. 활동 현장 방문에 하루, 지방 사연이면 최소 이틀, 포스터 디자인 하루, 후원 글 작성에 또 하루, 영상 편집은 3일에서 길게는 일주일까지 걸렸다. 거기다 의뢰기관으로부터 수정요청이 오면 시간이 며칠 더 소요되었다.

비용에 대한 부담도 있었다. 처음에는 경비를 지원받을 수 있다고 하여 시작했었지만, 막상 현실은 그렇지 못했다. 하루에 두 번 밖에 버스가 다니지 않는 지역을 방문할 때면 택시를 타야 할 일이 생기곤 했다. 하지만 택시비나 숙박비 용도로는 적격 지출 증빙을 할 수가 없다고 말하는 기관들이 대부분이었다. 작정하고 놀고라도 왔으면 억울하지라도 않았을 텐데 시험 기간이라 봉사만 하고 왔는데도 우리가 얼마나 많은 것을 희생했는지 알만한 사람들이 더욱 쪼잔하게 구는 것 같아 야속했다. 좋은 마음으로 봉사를 다녀오고 나서 일이십만 원 돈이 통장에서 쑥쑥 빠져나가 있는 것을 보면 회의감이 일었다.

봉사활동 경험을 토대로 구글에 합격한 친구처럼 자기소개서에 어필할 정도의 경험은 이미 차고 넘쳤다. 나도 봉사를 그만두고 넷플릭스에 입사 지원을 해볼까 하는 생각이 들었다. 영화 경력을 잘 엮어서 쓰면 될 것도 같다는 생각이 들었지만, 이내 나의 영어 실력을 떠올려보고는 기대를 접었다. 나는 다른 봉사자들은 자신의 삶에 이런 류의 부담이 있지는 않은지 궁금했다.

"아니에요. 형. 저는 이 활동이 얼마나 재밌었는데요. 또 보람도 있어요. 지방촬영도 다니잖아요. 그럼 여행 동아리나 다름없죠, 여행 플러스 영화 플러스 봉사. 이런 동아리가 어디 있어요?"

그런데 나와 같은 고민을 가진 봉사자들도 있었다. 어느 날 밤엔 내 기숙사 방으로 동아리 운영진 중 한 명이 찾아왔다. 이날은 마침 중간고사도 끝난 직후라 둘이서 부담 없이 길게 이야기를 나눌 수 있었다.

"형, 저는 제 인생에서 지금이 가장 행복한 것 같아요."

"왜?"

"아마도 처음으로 부모님의 통제하에서 벗어나 주체적으로 제 삶을 살기 때문인 것 같아요. 저희 부모님은 무지 엄격하셨거든요."

"그런 아까운 시간에 밴드 같은 재밌는 것을 놔두고 어떻게 봉사동아리를 할 생각을 했어?"

"저는 지하철에서 노인분들께 자리를 비켜드리곤 했어요. 그때마다 칭찬을 들었는데, 앉아서 가는 편안함보다도 달콤한 칭찬이 듣고 싶어서 자리를 비켜드리게 되었던 것 같아요. 저는 그때부터 이러한 행동들이 결국엔 작은 봉사라는 것을 무의식적으로 느꼈어요. 내가 비록 시간을 내어 연탄 봉사를 하러 갈 수는 없지만, 일상 속에서 이렇게 작은 봉사를 꾸준히 실천하면 나 또한 그들과 다를 게 없다라는 게 저의 생각이었거든요."

"맞는 말이야."

"하지만 저는 이제 노인들에게 자리를 거의 양보하지 않아요."

"왜?"

"여느 때와 같이 저는 웃으면서 노인분께 자리를 권해드렸어요. 그때도 뿌듯해하며 주변 사람들의 동경의 시선을 느끼려 했던 저는 불현듯, 갑자기, 끔찍한 생각이 들었어요. '내가 봉사랍시고 노인분들에게 자리를 양보하면서 얻는 알량한 도덕의식의 우월감을 그들이 눈치챈 것이 아닐까?' 하는 생각이요. 정확히 말하면 저의 양보가 일주일 중 6일 동안 온갖 교리에 위배되는 짓을 해놓고, 단 하루 기도하며 모든 죄가 씻겼다 안심하고 추악한 일상으로 돌아가는, 그런 행위와 비슷하게 느껴져요."

"그랬구나. 그런데 어쩌다가 봉사동아리에 들어오게 됐니?"

"솔직한 대답을 드리면 저는 과에 적응하지 못해 뭔가 다른 탈출구가 필요하다는 생각이 들었어요. 그런데 평소에 봉사를 좋아했는데, 봉사동아리가 있는 게 반가웠어요. 리듬에 신청했을 때는 지하철 양보를 그만두기 전이었거든요. 리듬은 여타 봉사동아리와는 달라 보였어요. 나이가 조금 많긴 해도 신입생이 만든, 신생 동아리로서 1학년만으로 구성된 동아리는 저희 동아리가 거의 유일했잖아요. 그건 제가 무엇이든 그릴 수 있는 흰 도화지 같은 상태처럼 보였어요. 그래서 제가 운영진도 맡게 된 거구요."

그 친구는 말을 이어나갔다.

"사실 저는 저희 동아리를 키워서 연 모금 금액 1억을 달성하겠다던가 하는 야망을 가지고 들어온 것은 절대 아니에요. 그저 그때의 저는 여가 시간에 무언가를 같이 할 친구들이 필요했거든요."

우리 봉사동아리에는 또 다른 문제가 있었다. 지나치게 목적 지향적이었다. 봉사동아리가 목적 지향적이라는 것은 선행을 추구한다는 말과 다름이 없지만, 괜찮은 주제의식을 가진 사람들끼리 모여 친목을 도모하기 위해 가입한 사람들에게는 나의 원리원칙적인 태도가 부담을 주기도 하였다. 그래서 동아리 사람들끼리도 두 개의 그룹으로 나뉘어 서로를 견제하고 있었다. 동아리 회장이라고 한들 절대적인 권한을 가지고 있거나 한 것이 아니어서 총회의 투표 결과에 따라 새로운 안건이 통과되고는 하였다.

"저도 들은 얘기라 자세히 알지는 못하지만, 대부분의 봉사동아리는 땀 흘리며 뿌듯하게 연탄을 옮기고, 땀으로 가득한 얼굴을 검댕이 묻은 손으로 훑은 뒤 밤에 뒤풀이를 하거나, 방학 때 시골에 내려가 고사리손으로 어르신들 모내기하는 것을 도운 뒤, 꿀 같은 막걸리와 새참을 먹고 밤에 회포를 푸는 것으로 알고 있었어요. 그런데 저희 동아리는 그런 게 없어요.

형, 사실 오늘 이 이야기를 하려고 형한테 시간을 내달라고 한 거예요. 지금 우리 동아리가 반모금파랑 친모금파로 나눠져 있는 거 아시죠? 저는 '반모금파'였어요. 사실 대부분의 '반모금파'가 그렇게 될 수밖에 없던 것이, 영상 모금에는 촬영 기술, 디자인 기술, 영상 편집 기술 등이 필요해 초심자들이 무턱대고 뛰어들 수 없는, 저희 눈에는 전문가의 영역이에요. 그렇기 때문에 온라인 모금 봉사는 제가 참여하고 싶어도 참여할 수 없는, 진입장벽이 높은 봉사에요. 그리고 땀 흘리며 아날로그적인 봉사를 하는 '반모금파'에 비해, 상대적으로 컴퓨터 앞에 앉아 자판을 두들기며 봉사를 한답시고 우쭐대는 '친모금파'가 재수 없어서 굳이 그들에게 고개를 숙이지 않으려는 마음도 있었고요."

"어진이랑 충희가 어디 가서 자랑하고 다니고 그러는 성격은 아니잖아?"

"오히려 그게 문제에요. 걔네들 성격 좋은 거 사람들 다 알아요. 형은 제가 꼬인 생각을 가지고 있다고 생각하실지 모르지만, 충분히 이해하시리라 믿어서 말씀드리는 거예요. 더운 여름에도 에어컨 틀어 놓고 팬티 바람으로 컴퓨터 앞에 앉아 음식물을 우물거리면서 그들의 영상을 편집해 웹사이트에 올려 몇 백만 원 상당의 모금을 한다? 그런 것은 충분히 반감이 들 수 있다고 생각합니다."

"그럼 내가 어떻게 해줬으면 좋겠어?"

"사실 뭘 바라고 한 얘기는 아니에요. 그냥 하소연이에요. 조금 덧붙이자면 운영진으로서 창립자인 형한테 현재 돌아가는 상황을 공유할 의무가 있다고도 생각했고요. 저는 이미 같은 과 친구들하고도 멀어졌고, 다른 비빌 언덕이 없었기에 남아있을 수밖에 없어요."

이야기를 마친 후 집으로 돌아가는 그의 뒷모습이 쓸쓸해 보였다. 이후로 나는 조금 더 마음을 넓게 가지기로 다짐했다. 나도 현실적으로 힘들면서 봉사자들의 소중함을 너무 늦게 깨달은 것이 아닌가 싶었다.

리듬, 방송을 타다

어느 날 루게릭 환우회로부터 전화가 왔다. 두 번째 사망 소식이었다. 몇 달 전에 재홍이, 지은이와 함께 참여한 문주 씨의 사연이었다.

20여 년 전, 문주 씨가 불치병을 가지고 태어났다는 사실을 안 뒤 친모는 행방을 감추었다. 열악한 환경의 공장에서 방호복도 없이 일하던 아버지는 그 공장에서 세상을 떠나고 말았다. 산업재해라는 것이 존중받지 못했던 시기였다. 그렇게 문주 씨를 거두어들인 할머니는 닥치는 대로 일을 하며 손자를 키우기 위해 노력했지만, 손자가 앓고 있는 병의 시계는 할머니의 시계보다 더 빨리 흘러가 버렸다.

구로동 장례식장에 도착한 우리 셋을 보고 할머니는 우리의 기부금 덕분에 이렇게 훌륭한 장례식장을 마련할 수 있었다고 활짝 웃으며 말을 건네었다. 하지만 이런 상황에 그런 말을 듣고 보람을 느끼기는 무척 힘들었다. 죄책감만 간신히 면할 수 있으면 다행이다. 그때 다른 한 무리의 일행이 우리를 불러 세웠다.

"혹시 리듬 팀이세요? 진작 인사드렸어야 되는데 이렇게 만나 뵙게 되네요. 저는 종합편성채널 MBN의 김승남 작가라고 합니다. 루게릭 환우회를 통해 말씀 많이 들었습니다."

일행 중 한 명이 내게 명함을 건넸다. 우리나라 방송국들은 법으로 규정된 사회적 책무를 지니고 있다. 특히 공중파와 종편에는 더욱 엄격한 기준이 적용된다. 방송국들의 사회적 책무 이행은 방송통신위원회의 채널 재승인 심사에도 영향을 미치기에 KBS와 같은 공영방송뿐만 아니라 MBN, TV조선과 같은 곳에서도 방송모금 프로그램을 편성하였다.

온라인 모금 캠페인을 진행하다 보면 가끔 방송국에서 연락이 오는 경우가 있었다. 그런데 직접 만나게 된 것은 처음이었다. 그는 우리가 진행하고 있는 캠페인에 대해 방송국과 함께 협업하여 진행할 생각이 없는지 물어왔다.

문주 씨의 발인이 있고 난 다음 주 화요일, 우리는 충무로에 있는 MBN 빌딩을 찾았다. MBN에서 송출하고 있는 방송 모금 프로그램의 이름은 '소나무'였다. 소나무 제작팀은 5층에 있었다. 장례식장에서 만났던 김승남 작가가 회의실로 나를 안내했다. 회의실에 들어가니 12명 정도 둘러앉을 수 있는 테이블에 사람들이 빼곡히 앉아 있었다. 백건훈 책임 PD를 시작으로 순서대로 모든 사람들이 자신을 소개하였다. 책임 PD, 막내 PD, 촬영감독, 작가들이었는데 유독 한 사람은 다른 소속이었다. '사랑의열매'의 이상선 대리였다. 회의 내용은 MBN에서 방영한 방송 모금 사례를 우리가 온라인 캠페인으로도 제작해서 진행해 주면 훨씬 많은 기부금을 출연자에게 전달할 수 있을 것이라는 이야기였다. 듣고 보니 딱히 거절할 이유가 없어 우리는 그 자리에서 흔쾌히 수락하였다.

그런데 그 자리에 같이 참석했던 사랑의열매 이상선 대리의 생각은 조금 달랐던 것 같다. MBN 회의가 끝나고 지하철을 타려고 하는데 그가 나를 따로 불러 세웠다.

"방송국 사람들이 당신을 여기까지 왜 불렀겠어요? 기업이 진짜 봉사에 관심이 있는 줄 아십니까? 자기 사업이에요. 모금액 늘려서 방통위에 사회 공헌 점수를 높이든, 모기업 이미지 세탁을 하든 다 자기 계산이 있어서 하는 거예요. 비영리도 비즈니스입니다. 그렇게 순진하게 있으면 다 잡아먹혀요."

초면에 다짜고짜 가르치려고 드는 이상선 대리의 태도는 상식 밖이었지만 우리와 아무런 이해관계도 없는 그가 우리를 대신에서 발 벗고 나서준 덕분에 우리는 매 건마다 MBN으로부터 실비를 지급받을 수 있었다.

그렇게 동아리 창설 첫해에는 5,000만 원을 모금하였지만, 다음 해에는 3억 원, 그 다음 해는 6억 원, 그리고 그 다음 해는 10억 원을 넘게 모금하여 환자들에게 수술비로 전달하였다.

우리가 개설한 온라인 모금함이 방송 모금과도 연계되니 우리 환자들은 훨씬 많은 노출 기회를 얻었다.

우리의 최고 장점은 순수성이었다. 모금액에서 한 푼도 떼지 않고 전액 전달한다는 것이다. 리듬은 곧 연세대학교를 넘어 이화여대지부로 확장되었고, 곧 전국 단위의 동아리가 되었다. 대학생들이 외부기관의 도움 없이 매년 수억 원씩을 모아 기부를 한다고 하니 이러한 성과는 많은 이들을 깜짝 놀라게 했다. 김용학 총장님도 우리를 불러 격려의 말씀과 함께 기부금을 건네었다.

언론사에서는 꾸준히 취재요청이 들어왔다. 하지만 유일하게 칭찬을 하지 않는 사람이 있었으니 그건 바로 어머니였다. 어머니는 당신이 보시기에 아들이 영양가 없는 일에 시간을 뺏기는 것을 달가워하지 않았다. 나는 봉사를 하면서 새로운 사실을 깨달았다. 가까운 사람일수록 이런 일에는 부정적이라는 것이다. 나만 겪고 있는 일이 아니었다. 동아리의 주요 운영진들도 하나같이 부모님에게 비슷한 이야기를 듣고 있었다. 가장 가까운 사람들의 태도를 보면 우리가 한 일에 대해 우리가 받은 칭찬은 어쩌면 진짜가 아닐 수도 있었다.

우리의 기부금은 어디로 가는가?

모금 캠페인이 봉사의 주제인 만큼 우리는 모금액에서 일체의 수수료를 떼지 않고 전액 전달한다. 애초에 기부금이 우리의 통장을 거치지도 않고 다이렉트로 전달되게 시스템을 구축해 놓은 것이다. 그런데 우리의 이런 태도는 몇몇 기업형 복지단체들에게는 눈엣가시처럼 여겨졌다.

매년 끊이지 않고 기부금 횡령 사건이 뉴스에 보도된다. 국가도 이 문제의 심각성을 잘 알아서 정부의 허가를 받지 않은 기관이 직접 기부금을 수령하는 것은 법으로 엄격하게 금지하고 있다. 그럼에도 불구하고 인간의 돈에 대한 욕심은 그 어떤 고난과 역경도 이겨내고 끝끝내 그 목적을 달성하곤 한다. 은행 직원의 횡령처럼 비영리단체의 횡령도 그저 그런 사건 중 하나로 볼 수 있을 것이다. 하지만 내 생각은 그렇지 않다. 법률적으로 따지면 그 죄의 형량이 비슷할지 모르겠으나 도덕성을 핵심 가치로 내걸고 운영하는 조직에서 발생한 비윤리적 행위는 훨씬 더 역하게 느껴지기 때문이다. 그리고 무엇보다 공익단체들에 대한 사회적

신뢰를 무너뜨려 국민 성금에 의해 운영되고 있는 좋은 사회 공헌 프로그램들이 없어지거나 규모를 줄어들게 만든다.

아무리 은행 직원의 행태에 실망을 해도 사람들은 변함없이 은행을 이용한다. 반면 같은 일의 경우, 비영리단체에 대한 기부 행위는 바로 중단된다. 비영리단체의 비리 이야기를 하기에 앞서 우선 사람들이 잘 모르고 있는 사실이 하나 있다. 법적으로 기부금의 15%는 모금단체의 운영비로 사용될 수 있다는 점이다. 나도 처음에는 15%는 너무 크다고 생각했다. 하지만 현장에서 지켜보니 단체들이 15%만 지켜도 괜찮을 것 같다는 생각이 들었다. 15%는커녕 60~70%를 전용하는 기관이 비일비재하다.

물론 어느 정도의 운영비는 모금액에서 뗄 수밖에 없고 그래야 일이 진행된다. 이를테면 카드 수수료나 계좌이체 수수료 500원과 같은 것들이다. 수수료가 별것 아닌 것처럼 보여도 대형 모금기관들은 기부금에서 수수료로 발생하는 비용만 수억에 이른다. 이러한 현실적인 이유들에도 불구하고 현재의 기부금 처리 방식은 비도덕적인 부분이 많다. 대표적인 사례가 기부금으로 건물을 구입하는 것이다. 말이 안 된다고 생각하는 기부금 전용이 이 일에 도가 튼 전문가들에 의해 몇 단계의 서류작업만 거치면 정상 지출로 위조된다.

1. 한 비영리단체는 2019년 크리스마스 맞이 불우이웃돕기 성금 136억 원을 모금한다.
2. 비영리단체 건물을 구입하는 데 해당 모금액의 70%를 사용하였다.

3. 비영리단체 회계 담당자는 불우이웃에게 전달할 구호 물품을 보관하고 포장하기 위한 공간이 필요하여 해당 건물을 구입한 것이라고 정부에 보고한다.
3. 그러면 정부는 해당 지출을 15%로 제한이 되어있는 운영비가 아닌 불우이웃돕기 사업 추진비로 인정해 준다.
4. 제3자가 이의제기를 한다면 그 공간을 불우이웃들을 위한 레크리에이션 교실로 운영한다고 하면 된다. 그리고 일 년에 단 한 번 운영되는 그 프로그램 사진을 찍어 언론에 배포한다.

그럼 부동산을 구입하고 남은 30%의 기부금은 어떻게 될까? 한번은 이런 경우도 있었다. 사적 모임에서 알게 된 한 무역회사 사장과 사업 이야기를 나누게 되었는데 우연히도 그가 한 대형 비영리단체와 거래를 한다는 사실을 알게 되었다. 비영리단체가 무역회사와 대규모 거래를 할 일이 무엇이 있을까 궁금해서 좀 더 자세히 알아보니 그 내막은 충격적이었다.

그 비영리단체가 기부금으로 칫솔, 치약, 마스크, 구급상자 등 구호 물품을 대량으로 구입한 뒤 일정 기간 보관하고 있다가 해외로 모두 수출하는 것이었다. 게다가 그들은 전부 현금으로만 거래했다. 기부금으로 구호 물품을 잔뜩 사놓고 나서 기부금 사용 용도에 맞게 구입 영수증만 확보한 뒤 몰래 되팔아서 현금화하는 것이다. 물론 이와 상반되는 기관들도 있다.

사단법인 '푸른나눔'은 높은뜻푸른교회의 김일회 목사가 운영하는 구호 단체이다. 높은뜻푸른교회는 한국의 개신교들이 건물을 지으면서 부를 축재하는 것을 강력히 비판하며 교회 건물 없이 매 주말 고등학교 대강당을 빌려서 예배를 치르고 있다. 그리고 그렇게 모인 헌금을 구호 활동에 투자한다. 푸른나눔은 일체의 외부지원 없이 자체적으로 확보한 기금으로 운영되며, 비신도라고 하더라도 전도와 개종의 목적이 아닌 순수한 봉사 차원으로 찾아가 현금을 지원한다. 얼마나 티를 안 냈던지 심지어 자신의 병원비를 푸른나눔이 아니라 주민센터에서 지원한 것으로 알고 있는 환자들이 많았다. 우리가 돕던 환자를 푸른나눔에서 관리하고 있다는 것을 알게 되면 한없이 안심이 되었다. 그러던 어느 날 김일회 목사가 중병으로 쓰러졌다는 소식을 들었다. 그리고 몇 달 뒤 그는 조금 수척해진 모습으로 다시 현장에 복귀했다.

빈곤의 사회학

"학생들, 이 그래프 보이죠? 1971년 노벨 경제학상 수상자인 사이먼 쿠즈네츠는 X축에는 1인당 국민소득, Y축에 지니 계수로 표시되는 소득 불평등도를 놓았더니 위아래가 뒤바뀐 U자 형태, 즉 역 U자형 모양을 띠고 있다는 사실을 발견했습니다. 이 역 U자형 곡선은 경제성장과 불평등의 관계를 시각적으로 나타낸 것입니다. 즉, 후진국에서 중진국으로 갈 때는 불평등이 심화되지만, 선진국으로 가면서 사회가 평등해지고 있음을 연구를 통해 보여주었습니다. 바로 이 그래프를 '쿠즈네츠 곡선'이라고 합니다. '파이가 커지면 빈곤은 자연스럽게 없어진다'는 말이죠. 지금은 인용도가 많이 떨어지는 이론이 되었지만, 이 그래프 하나로 오랫동안 쿠즈네츠의 이론은 정설로 받아들여져 전 세계적인 '선성장-후분배' 정책의 이론적 근거를 제공해 주었습니다. 인류역사상 복지 예산을 가장 많이 줄인 사람은 히틀러도 스탈린도 미국 공화당 대통령들도 아니었습니다. 쿠즈네츠였습니다. 여러분들은 어떤 생각이 드는가요? 여러분들이 세상을 바꾸고 싶다면 열심히 공부해 주세요. 멋진 사회복지학자가 되어주시길 기대합니다."

장광설을 끝마친 교수님이 나를 빤히 쳐다보았다.

"자네는 조교인가?"

"아닙니다. 학부생입니다."

"나이가 좀 있어 보이는데."

"네, 올해로 32세입니다."

"뭔가 사연이 있는 학생이로구먼. 알겠네."

강의실의 모든 학생들의 웃음이 터졌다.

"다른 질문 없죠? 그럼 오늘 수업은 이것으로 마치겠습니다."

그날 저녁 TV토론 하나를 우연히 보게 되었는데 최저임금 인상에 대한 대담이었다. 스크린에서는 진보와 보수 쪽 패널이 치열하게 싸우고 있었다.

"청년들이 아무리 열심히 일해도 지금 최저시급으로는 살아남을 수 없습니다. 삼포 세대라고 아시죠? 이제는 오포 세대라고 한답니다. 최저시급이 최소 만 원은 되어야 합니다."

"큰일 날 소리를 하시네. 최저시급 만 원이 되면 나라 망해요. 안 그래도 중국이 싼 인건비로 치고 올라오는데 제조업 가격 경쟁력이 떨어져 수출 주도 국가인 대한민국 경제가 박살 날 겁니다. 나라 망하면 책임지실 겁니까?"

진보패널은 보수패널의 공격에 아무런 대답을 하지 못했다. 하지만 진보패널의 이야기가 틀린 것은 아니었다. 나는 동시에 3개의 아르바이트를 해도 월세를 내는 통에 내 집을 마련하기가 거의 불가능하다는 것을 직접 경험했었기 때문이다. 그냥 하루하루를 버틸 뿐이었다. 만약 그 시절에 가상화폐 붐이 일었었다면 두 번 생각할 것도 없이 월급을 모두 쏟아부었을 것이다.

그렇지만 돈보다도 더 중요한 것이 하나 있다. 바로 '젊음'이다. 그런데 그 또한 돈으로 치환된다. 그 아까운 시간에 비전도 없는 직장에서 부품격으로 20대를 쳇바퀴 돌리듯이 살았다면 세상에 대해 부정적인 생각이 들 수밖에 없을 것이다. 돈을 모을 수도, 마음 편히 놀 수도, 하물며 자기계발조차도 할 수 없는 상황에 일을 쉽사리 그만두는 20대가 많아진 것도 당연한 일이었다. 나도 주유소와 공장에서 겪은 업신여김과 비참함의 기억들이 아직 가슴 속 깊은 언저리에 남아있다. 그리고 가장 찬란한 시간을 아르바이트로 날린 것에 대한 억울함도 남아있다. 하지만 냉혈한 무한경쟁의 국제 자본주의 체제에서 전 세계의 모든 정부들이 뜻을 하나로 모아 세계 공통의 최저임금을 책정할 리가 없었다. 경제학적으로는 필요악의 개념이고, 공리주의자들에게는 유감을 표명하는 대상이 될 뿐이다. 국제시장에서 물건을 내다 팔기 위해서 어떻게든 인건비를 줄여(즉 최저임금을 낮추어) 원가를 절감하려 들 것이다.

"그게 포퓰리즘이에요!"

"세 모녀 사건은 벌써 기억에 없으신가 봅니다."

내가 이런 생각을 하는 와중에도 두 패널은 언성을 높이며 싸우고 있다. 내가 보았을 때 보수패널은 가난한 사람들이 죽어 나가는 현실을 인정해야 했고, 진보패널은 국제사회의 냉혹한 제로섬게임을 인정해야 했다. 그러면 괜찮을까? 서로의 입장을 이해하면 양측의 사람들이 싸우지 않고 화해할까? 그러다 문득 나는 심리학 수업에서 배웠던 학습된 무기력 이야기가 떠올랐다.

'학습된 무기력'은 셀리히만과 동료 연구자들이 1975년 동물을 대상으로 한 회피 학습을 통하여 공포의 조건 형성을 연구하던 중 발견한 현상이다. 셀리히만은 24마리의 개를 세 집단으로 나누어 상자에 넣고 전기 충격을 주었다. 1집단의 개에게는 코로 조작기를 누르면 전기 충격을 스스로 멈출 수 있는 환경을 제공하였다. 2집단은 몸이 묶여 있어 코로 조작기를 눌러도 전기 충격을 피할 수 없는 환경을 제공받았다. 3집단은 비교 집단으로 상자 안에 있었으나 전기 충격을 주지 않았다.

24시간 이후 이들 세 집단 모두를 다른 상자에 옮겨 놓고 전기 충격을 주었다. 세 집단 모두 상자 중앙에 있는 담을 넘으면 전기 충격을 피할 수 있게 되어 있었다. 1집단과 3집단은 중앙의 담을 넘어 전기 충격을 피했으나, 2집단은 전기 충격이 주어지자 피하려 하지 않고 구석에 웅크리고 앉아 전기 충격을 받아들이고 있었다. 즉, 2집단은 자신이 어떤 일을 해도 그 상황을 극복할 수 없을 것이라는 무기력이 학습된 것이다. 셀리히만은 혐오 자극으로 회피 불가능한 전기 충격을 경험한 개들은 회피 가능한 전기 충격이 주어진 경우에도 회피하지 못하는 사실을 보고 '학습된 무기력'이라 하였다.

경제불황은 국제무역체제가 국민들에게 전달하는 전기 충격과도 같다. 초대형 컨테이너선들이 상품들을 가득 싣고 지구를 끊임없이 돌고 있기에 한 나라만 양심적으로 최저임금을 올리면 가격 경쟁력을 잃고 무역적자만 발생할 뿐이었다. 단일 국가 내에서라면 지나치게 심한 노동력 착취가 일어나지 않도록 바로 잡을 여지가 있다. 비윤리적인 기업들을 공권력으로 제재할 수 있기 때문이다. 하지만 전 지구적 스케일에서는 일탈과 기행을 바로 잡을 그 어떠한 힘도 존재하지 않는다. 허수아비 같은 국제기구는 강대국이 적당한 핑계를 들어 약소국을 쳐들어간다고 할지라도 말뿐인 규탄과 구태의연한 성명서만 발표할 뿐이다.

국제사회는 인과관계가 분명한 반인륜적인 범죄에도 제대로 대응하지 못하는데 겨우 공정무역 정도의 안건을 어떻게 강제할 수 있겠는가. 이는 말이 안 되는 상황이다. 저렴한 인건비에 의한 이득은 과거에는 우리나라가 누렸고, 지금은 중국이 누리고 있고, 미래에는 베트남이 누릴 것이다. 최후에는 북한이 그 혜택을 누릴지도 모르겠다. 하지만 언젠가는 모든 저개발국가의 노동력 파티가 끝나고 인류가 합의를 볼 것이다. 그러나 그러기 한참 전에, 그러니까 라오스의 인건비조차 너무 많이 올라서 아프리카의 부르키나파소가 세계의 공장이 되어 경제성장을 구가할 때 즈음에는 아마도 내 수명은 다할 것이다.

이러한 생각의 끄트머리에 느껴진 감정이 바로 '학습된 무기력'이다. 학습된 무기력, 특히 동물과 다른 인간만이 가질 수 있는 학습된 무기력은 바로 이런 지점에서 나온다. 인간의 수명이 유

한하다는 것과 같은, 개인이 어찌할 수 없는 압도적으로 자명한 이치에 대한 이해가 인간을 무기력한 상태로 이끄는 것이다.

모든 사람들이 한계에 봉착해 무기력해지는 것을 상상한다. 셀리히만 연구의 2집단의 개들처럼 아무 일도 하지 않는 사람들만 모인 세상을 머릿속에 그려보니 차라리 저기 저 TV 패널들처럼 치고받고 싸우는 게 나을지도 모르겠다는 생각이 들었다. 그럼에도 불구하고 나는 개인적으로 그날이 오면 아마도 무기력함의 길을 택할 것이다. 멈춰진 세상보다는 역동적인 세상이 보기 좋아도 나는 받은 상처가 이미 너무 많아서 차라리 은둔형 외톨이가 되고 싶다. 그러니 어떤 이유에서건 사회구성원으로서 참여할 의욕을 잃은 사람들에게 우리 사회가 택하는 가장 보편적인 해결책을 시도하지는 않았으면 좋겠다. 희망적인 이야기들을 속삭여 외톨이들이 훌훌 자리를 털고 일어나 일상으로 돌아오게 하는 것 말이다. 그 속삭임은 사실상 처음 그 아이디어를 떠올린 사람도 책임지지 못하는 '거짓 희망'인 경우가 대부분이기 때문이다.

중학교 때 참여했던 양파 키우기 수업이 떠올랐다. 양파 키우기는 '고운 말로 키운 양파'와 '나쁜 말로 키운 양파'의 성장 차이를 알아보는 실험이었다. 언어를 순화한다는 목적을 가지고 하는 교육이었다. 그러나 이 교육을 받은 아이들은 결과만 좋으면 그 과정에 거짓이 있어도 괜찮다는 인식도 함께 습득했다. 더구나 아이들이 나쁜 양파에 어찌나 하루 종일 찰지게 욕을 해대던지 언어순화는커녕 욕을 잘 모르던 아이들도 덩달아 따라 했다.

5.

취약계층 봉사

해를 잃은 해바라기, 간호조무사 숙경 씨

문표 씨는 작은 의류 공장을 운영했다. 1980년대는 공장이 아주 잘 됐다. 절정에 다다랐을 때는 이대 근처에서 직접 옷가게도 내었다. 하는 것도 없어 보이면서 저보다 더 남겨 먹던 중간 도매상들을 건너뛰었으니 상당한 수익이 남았다. 87년, 일밖에 모르던 문표 씨에게 다가온 사람이 전처인 신 씨다. 사실 신 씨 말고도 성공 가도를 달리던 청년 문포 씨를 탐내던 마담뚜들이 있었다고 한다. 하지만 업장을 문표 씨가 매일같이 들여다보지 않아도 알아서 굴러가기까지에는 우여곡절이 많았으므로 자신의 혼담을 챙길 처지가 못 되었던 것이다.

이제 여유를 좀 찾으려나 싶었을 때 문표 씨에게 제일 먼저 호감을 표한 여성이 신 씨였다. 문표 씨는 며칠간 신 씨와 이야기를 나눠보고는 평생 가약을 맺었다. 사업도 그런 식이었다. 일단 일이 벌어지면 진심으로 대했고 최선을 다했다. 그런데 그런 교과서적인 사업관은 시대의 흐름이 받쳐줄 때나 지속 가능한 방식이었다. 의류산업의 중심이 한국이 아닌 중국으로 넘어가면서

2000년이 되기도 전에 문표 씨의 사업은 무너져버렸다.

그때쯤이었다. 전처가 남기고 간 두 아들에게 근이영양증이 발병한 것이. 모계 유전병이라고 했다. 근이영양증은 스티븐 호킹 박사가 앓던 루게릭병과 똑같지는 않지만 유사한 병으로 한번 발병하면 치료법은 없고, 온몸의 근육이 서서히 녹아내리다가 끝내 심장에 다다르면 죽는 그런 병이었다.

숙경 씨가 문표 씨의 두 아들을 처음 본 건 병원에서 간호조무사로 근무할 때였다. 두 꼬마 아이들에게 엄마가 없다는 사실을 알고는 마음이 좀 더 쓰였다고 한다. 의료진이 환자에게 사적 감정을 가지고 근무하면 안 된다고 했지만 숙경 씨는 그래도 자신의 마음을 따랐다. 문표 씨는 두 아들이 병원에서 퇴원한 뒤에도 돌봐줄 사람을 필요로 했다. 숙경 씨는 깊은 고민에 빠졌다. 간호조무사는 이 병원에서 존중받지 못했다. 그에 반해 문표 씨라면 자신의 자존감에 상처 줄 일이 없을 것 같았다. 그리고 예쁜 아이들이 있었다. 그렇게 숙경 씨는 장애인 활동 보조사 자격증을 따고 문표 씨가 노가다를 뛰는 낮에 아이들을 돌보는 일을 시작했다.

우리가 숙경 씨를 찾아갔을 때 그녀는 이미 50대가 된 20년 차 활동보조사였다. 숙경 씨는 매달 174시간 아이들을 돌보고 나라에서 163만 원, 문표 씨로부터 17만 원을 받아 180만 원 정도를 수령하고 있었다. 처음 숙경 씨가 빠져들었던 귀여운 꼬마 형제는 이제 각종 호스와 기계장치를 주렁주렁 달고, 미라 같은 모습으로 나란히 침대에 뉘여져 있었다. 둘째는 중학교 졸업식 때까지만 하더라도 걸을 수 있었는데 20살이 되자 형보다 상태가 더 나빠지기 시작했다고 했다. 24살부터는 위 삽관을 통해서만 음식물을 먹었고, 26살이 되자 기도에 구멍을 뚫고 산소호흡기를 연결했다. 그리고 지금은 눈알을 굴리는 것 외에는 그 어떤 움직임도 할 수 없었다.

두 형제는 핸드폰 화면만 뚫어져라 쳐다보고 있었다. '입짧은 햇님'이라는 분식 전문 먹방 유튜브 채널이었다. 숙경 씨는 형제가 그 채널만 본다고 말해 주었다. 몇 년 동안 혀를 거치지 않고 음식물을 섭취해 왔을 텐데도 미각을 여전히 기억하고 있다니 그들에게 남겨진 시간이 얼마나 고통스러울지 감히 상상도 할 수 없었다. 얼마 전엔 다른 것 좀 보라고 넷플릭스를 깔아주었는데 소용이 없었다고 한다. 숙경 씨 뒤에는 웬 젊은 남자가 핸드폰을 만지작거리면서 앉아 있었다. 그도 장애인 활동보조사였다.

"두 아이가 모두 침대 생활을 하게 된 이후로는 혼자서는 감당이 안 되어 활동보조사 한 분을 더 모셨어요."

그 남자 활동보조사는 손 하나 까딱하기 싫어하는 눈치였다. 둘째를 침대에서 휠체어로 옮겨야 했을 때도 그는 잔뜩 찌푸린 인상으로 뻣뻣하게 행동하였다. 남자 활동보조사는 둘째의 엉덩이가 휠체어에 닿기가 무섭게 자신의 핸드폰을 집어 들고 우리 시야에 잘 보이지 않는 구석으로 사라졌다.

문표 씨 아들들과 같은 중증장애인은 24시간 누군가 옆에서 돌봐주어야 한다. 그러면 24시간×31일, 총 744시간 중, 자는 시간 및 아버지가 직접 돌보는 시간을 하루에 8시간 해서 248시간을 뺀다 하더라도 496시간이 더 필요하다. 그런데 법적으로 활동보조사 한 사람을 한 달에 174시간 이상 고용할 수가 없기에 절반도 채 채울 수 없는 것이다. 이 문제가 장애인들의 문제 중에 가장 파악하기 쉽고 현실적인 문제이다.

또한 정부 지원을 받아 이미 배치된 활동보조사를 환자가 쉽게 바꾸거나 재배치할 수 없다는 것도 문제이다. 활동보조사의 서비스 범위는 순전히 활동보조사 개인의 양심에 달려있었다. 요양원도 마찬가지였다. 어떤 요양원장들은 요양원의 설립과 운영을 정년퇴직 없는 괜찮은 노후대비 사업 아이템으로 생각했다. 원장의 친인척들은 서류상으로만 직원으로 등록되어있는 경우가 많다. 의료보험에서 무료로 제공하는 장기요양병원은 일손이 부족해 지쳐버린 직원들이 청소조차 버거워해 구역질 나는 냄새가 복도에 진동을 한다. 대부분의 환자들이 냄새를 잘 맡을 수 없다는 점이 그나마 위안거리가 될 정도였다. 요양보호사 자격증도 가지고 있는 숙경 씨는 이러한 현실을 잘 알았다. 그녀의 꿈이 바로 환자들을 진정으로 생각하는 깨끗한 요양원을 짓는 것이라고 하였다. 나는 그런 그녀의 모습을 보며 정말 진심으로 응원할 수밖에 없었다.

"불이 났다고, 불이 났다고! 우리 집에 불이 났다고! 우리 아저씨가 아직 거기에 있었는데…."

장애인을 20년 동안 돌보던 활동보조사가 화재로 인해 남편을 잃고 본인은 중증장애를 가지게 되었다면 믿을 수 있겠는가? 숙경 씨에게 가해진 일이다. 운명은 숙경 씨가 꿈을 향해 단계를 밟

아나가도록 호락호락하게 놔두지 않았다. 2명의 장애인 형제를 교대로 돌보며 실수령액으로 월 180만 원 남짓 받던 그녀는 이제 치료비로만 1억 원을 들여야 했다. 4000만 원은 노모의 집을 담보로 빌렸고, 대구에 사는 딸도 신용대출을 받아 3000만 원을 건네주었다. 우리도 1000만 원 정도 모금을 해서 보탰다. 상반신 전체가 불길에 타버린 심각한 화상으로 기본적인 재건 수술을 마친 지금도 숙경 씨의 눈, 코, 입을 얼굴에서 정확히 구분해 내기가 힘들었다. 겉모습뿐만이 아니었다. 현장에서 들이마신 뜨거운 연기로 인해 폐도 화상을 입어 70%를 상실했다고 한다. 살아남은 게 기적이었다. 하지만 무엇보다 숙경 씨가 가장 견디기 힘들어했던 것은 화마 속에 남편을 두고 혼자만 빠져나왔다는 사실이었다.

뇌출혈로 인해 자리에 앉는 것조차 불편한 남편을 여자 혼자 몸으로 어찌 3층에서 끌어낼 수 있었을까? 그건 애초에 불가능한 조건이었다. 하지만 현실 가능성의 여부를 떠나 숙경 씨는 죄책감으로 몸서리치고 있었다.

숙경 씨는 때때로 그 사고 순간의 기억으로 빠져 들어갔다. 표정은 분명히 울부짖는데 폐 기능의 상실로 인해 쉬익쉬익 쇳소리만 나왔다. 그럴 때면 그녀의 딸조차 아무런 위로가 되지 못하였다. 숙경 씨는 할 만큼 했다. 아니 그 이상을 했다. 그녀가 남편을 구하러 다시 들어가지 않았으면 이 정도까지 심한 화상을 입지는 않았을 거라고 의료진이 말해 주었다.

나는 전국에서 가장 깨끗한 요양원을 설립하겠다는 그녀의 꿈을 다시 상기시켜주기 위해 노력했다. 나도 그게 불가능하다는 것을 알았지만 어떤 형태로든 그녀가 이 땅에서 희망을 붙잡을 수 있기를 바랐다. 하지만 그녀는 자신의 몸으로는 이제 앞으로 그 어떤 직업도 가질 수 없다고 단언했다.

화재의 원인은 전기장판으로 추정되었다. 늘 그렇듯 대기업 화재보험에 가입되어 있다고 자랑스럽게 광고하던 장판회사는 정작 화재사고 발생 시에는 '추정'만으로는 보험금을 지급하기 어렵다며 발을 뺐다.

치료비는 정말 큰 삶의 위협이었다. 숙경 씨가 나중에 정신적으로 회복하더라도 곧바로 '돈'이라는 현실적인 문제에 치일 것을 생각하면 가슴이 아팠다. 나는 국민건강보험의 보장성이 아무리 떨어져도 그렇지 장기이식수술도 아니고 화상 치료에 1억 원이 넘게 자기부담금이 발생한다는 사실이 믿기지가 않았다. 그런데 알고 보면 피부이식수술을 수십 번 해야 하는 게 중증 화상 환자가 겪는 과정이었다. 숙경 씨는 자신의 허벅지 피부를 벗겨내어 환부에 옮겨붙이는 자기 피부이식수술을 진행하고 있었다. 또한 숙경 씨처럼 넓은 부위에 화상을 입은 환자들은 비급여 제품인 재생 크림만 하루에 한 통은 써야 했다. 재생 크림이 대부분의 사람들에게는 기호품이지만 화상 환자들에게는 필수품이었다. 피부가 플라스틱처럼 변해서 떨어져 나가지 않게 하려면 매일 펴 발라야 했다.

일 년 뒤 우리는 숙경 씨를 다시 찾았다. 숙경 씨는 어머니가 계시는 경상남도 진해의 한 마을회관에서 지내고 있었다. 마을회관에 모여있던 노인들은 이곳에 외지 사람, 그것도 젊은 사람들이 방문한 것에 대해 상당히 신기해하는 듯했다. 인구 감소로 소멸되어 가는 전형적인 시골 마을이었다. 하지만 남해의 옥빛 바다와 함께 어우러지는 작은 산맥들로 인해 경치 하나는 수려했다. 아픈 몸과 마음을 달래기엔 이만한 곳도 없을 듯이 보였다.

진해 어르신들과 이야기를 나누는 사이에 숙경 씨가 모습을 드러내었다. 끝에 볼이 달린 털모자를 쓰고 나타난 숙경 씨는 좋아 보인다고까지는 말할 수는 없었지만, 이전보다 훨씬 안정되어 보였다. 여쭤보니 친정 근처이긴 했지만 어머니와 같이 사는 것은 아니었다. 숙경 씨는 마을회관에 딸린 작은 생활공간을 임대해서 따로 살고 있다고 했다. 목에서 더 이상 쇳소리는 나지 않았지만 보통 사람보다는 말소리가 좀 작았다.

숙경 씨와 함께 그녀가 지내는 공간으로 들어가 보았다. 커다란 그림 두 점이 눈에 띄었다. 딸이 취미 삼아 해보라며 사준 유화 그리기 세트가 자신에게 썩 잘 맞았다고 말했다. 그런데 그림 솜씨가 보통이 아니었다. 해바라기가 만개한 전원마을의 풍경을 담은 그림은 내 방에도 하나 걸어 두고 싶을 만큼 아름다웠다. 내 칭찬이 문안 온 사람들이 으레 하는 칭찬처럼 느껴질까 봐 노심초사했다. 하지만 좀체 미소를 짓지 못하던 숙경 씨가 그림을 칭찬할 때만은 손사래를 치면서도 진심으로 기뻐하는 것이 느껴져서 마음이 놓였다. 그림을 어깨 높이만큼 들고 마당에서 저 멀리 층진 논밭을 배경으로 사진을 한번 찍어보는 게 어떻겠냐고 제안했다. 사진은 예상대로 아주 잘 나왔다. 그런데 그때 한 중년 남성이 절뚝거리면서 우리 사이를 스쳐 지나갔다. 나는 그 남자를 의식

하지 못했지만, 숙경 씨는 하던 일을 멈추고 그 사람을 물끄러미 바라보았다. 시야에서 사라질 때까지 그렇게 한참을 바라보더니 문득 혼잣말을 하듯 우리에게 말을 건넸다.

"저 아픈 아저씨 보이세요? 저 아저씨만 보면 생각나요. 우리 아저씨가."

숙경 씨는 남편 이야기를 꺼내도 이제는 울지 않을 수 있는 것 같았다.

숙경씨 모금함에 달린 응원댓글 중에서

글로벌텍스프리 문양근 | 항상 힘내시고 좋은 일이 생기길 바랍니다. 기부하시는 분들 봉사하시는 분들 더 좋은 일이 생기길 바라요.

가나다라(dash****) | 많은 금액을 후원하지는 못했지만 따뜻한 2023년 되셨으면 좋겠습니다.

쵸(hany****) | 힘든 인생이지만 다시 또 해 뜰 날이 있을 거예요. 희망을 가지고 우리 인생을 살아가요.

장애와 치매의 돌봄은 '현실'이다

예전에는 동사무소로 쓰였을 것으로 짐작되는 오래된 시멘트 건물에 이제는 '해닮'장애인복지관이 자리하고 있었다. 복지관 옆에는 장애인 거주 시설도 있었다. 장애인복지관은 장애인들에게 꼭 필요한 시설이다. 이곳은 장애인들을 위한 일종의 사회를 제공한다. 장애인들에게 특화된 강좌, 놀거리, 먹거리, 커뮤니티가 제공되는데 이용료는 대부분 무료이거나 실비만 부담하면 된다. 사회생활을 활발히 할 수 없는 중증장애인들에게 제공하는 '축소판 사회'라고 할 수 있다. 경증장애인들도 이용할 수 있지만, 그들은 이곳에 오지 않는다. 그들은 부분적으로나마 진짜 사회에 참여할 수 있기 때문이다.

복지관이 사회를 제공한다는 것이 실상은 말이 안 된다는 것을 알 수 있을 것이다. 저명한 사회학자들끼리도 '사회'라는 것에 대한 구체적인 정의가 서로 다른 마당에, 열 명 남짓한 직원들이 그럴듯한 하나의 사회를 제공한다는 것은 무모한 발상이다. 하지만 그것이 우리 정부가 하고 있는 일이다. 맛보기 수준의 사회를 장애인들에게 제공해서 영구적 임시방편으로 우선 버티어보라고 하는 것이다.

장애 유형을 성격적으로 분류하면 크게 지적장애와 지체장애로 나눌 수 있다. 이 두 가지 유형의 장애는 장애인과 비장애인만큼이나 다르지만, '장애인'이라는 같은 분류 아래 묶어서 관리되고 있다.

지체장애인들의 지능과 호기심은 일반 사람들과 똑같아서 자신에게 강제되는 맛보기 사회를 견디지 못한다. 복지관에서 제공되는 늘 가는 뻔한 서울대공원 나들이와 고무찰흙 놀이가 아닌 '더현대 서울' 나들이와 방 탈출 게임을 하고 싶은 것이다. 영리하면서도 매우 성실한 한 명의 복지사가 아주 재밌는 프로그램을 기획했다고 하더라도 그 정도 능력과 성실함을 가지고 일하는 사람들이 바깥세상에는 수만 배, 수십만 배는 많다. 그런 일반 사회에서도 대중들의 콘텐츠 소모 속도를 따라잡을 수가 없다고 아우성인데, 복지관은 오죽하랴.

장애인 거주 시설은 장애인들을 위한 요양원이라고 생각하면 된다. 요양원에 맡겨진 치매 노인들의 정신이 가끔씩 돌아올 때 제일 먼저 하는 행동은 '집에 가고 싶다'고 말하는 것이다. 사람들은 요양원에 부모를 맡기면 불효라고 생각한다. 그렇게 생각하는 것과 마찬가지로 장애를 가진 자식을 장애인 거주 시설에 맡기는 부모들도 자신의 선택을 부끄러워한다. 그런데 치매 걸린 노인 한 명, 말기 암 환자 한 명, 중증장애인 한 명 때문에 그들이 속한 가족 구성원 모두의 삶이 파괴되는 것 또한 옳다고 말하기가 어렵다. 게다가 의료적 처치가 필요한 경우 비전문가들의 돌봄에는 한계가 있을 수밖에 없다. 이러한 고민은 국내뿐 아니라 해외에서도 마찬가지이다. 어느 나라에서건 지위 고하를 막론하고 누구에게나 찾아올 수 있는 일이기에 돌봄 문제에 있어서는 한 번쯤 진지하게 고민해 보기를 권유하고 싶다.

하버드대학교 의과대학 신경정신과 교수인 아서 클라인먼에게는 치매를 겪는 아내가 있었다. 클라인먼은 어느 날 아내가 바닥에 대변을 싸놓은 것을 발견하고 두 번이나 닦았는데 같은 날에 한 번 더 그런 일이 일어나자 결국 못 참고 주저앉아 눈물을 흘렸다. 그럼에도 불구하고 그는 가정 돌봄을 끝까지 고수했다. 그의 부인이 집에 있기를 원했기 때문이었다. 이와 같은 이야기는 생각보다 드물지 않다. 모든 사람에게 언젠가는 죽음이 도래하고 호상은 그리 많지 않기 때문이다. 드물지 않은 이 사건에 대해 현대인들은 끔찍할 정도로 대비가 되어있지 않다. 이 주제는 프랑스 영화 〈아무르〉에서 매우 사실적으로 그려내었다. 영화는 그 중요성을 인정받아 칸 국제영화제에서 황금종려상을 수상하기도 했다.

노인을 위한 나라, 그날이 오기를

국가보훈처에서 연락이 왔다. 독립유공자 자손들을 위한 국민성금 모금을 추진해 줄 수 있냐는 제안이었다. 보건복지부 장관을 역임했던 변재진 이사장과 마찬가지로 보건복지부 고위관료 출신인 김원종 상임이사가 퇴직 후 함께 설립한 공익법인 일과복지는 정부와 민간복지단체 사이의 가교역할을 해주고 있었는데 그곳에서 우리를 국가보훈처와 연결시켜 준 것이었다. 역사를 배운 뒤로 독립유공자분들에게는 항상 빚을 진 것 같은 마음이 있었기에 이 일은 우리가 늘상 해오던 것임에도 불구하고 애국심과 민족주의가 고취되어 봉사에 임하는 태도가 묘하게 비장해졌다. 그리고 무엇보다 리듬의 발기인이자 가장 오래된 봉사단 운영자 중 한 명인 이규 또한 광복군 출신 故이영길 선생의 손자였다. 그는 자신의 조부와 다른 형태로 세상에 기여하는 방법을 찾은 것 같았다. 그는 독립운동가들의 후손 중에 처지가 딱한 사람이 많다고 했다. 보훈처에서는 독립운동가 황문익 선생의 손녀를 연결시켜 주었다. 손녀라고 해도 나이가 여든이 넘었다.

황문익 선생은 밀양의 독립운동가 손경헌과 함께 독립운동을 하다가 1919년 3·1운동 이후 만주에서 흥업단에 가입하였다. 1920년 11월 흥업단 단장 김호로부터 길림성 군정서 부속 흥업단 군관 양성자금 20만 원을 모금하라는 명령을 받은 뒤, 손경헌·이만준·최인제·최성기 등과 국내로 잠입하여 경상북도 지방에서 군자금 모집 활동을 전개했다. 당시 6만 원 정도를 모금하던 중에 1922년 12월 26일경 일본 경찰에 검거되었다. 체포된 후 그는 오랜 기간 모진 고문을 당하였고, 대구지방법원에서 제7호 위반 혐의 및 강도, 상해 등의 혐의로 징역 1년 6개월 형을 언도받고 옥고를 치렀다.

"안녕하세요. 황구연 할머님이시죠? 몸은 어디가 가장 편찮으세요?"

"아이고, 여기 허리 뭐 무릎도 망그러지고… 수술을 할 돈도 없지만, 수술을 할라캐도 몬한다카이. 그래서 간신히 집에서 내 밥이나 찾아 먹고 그러고 있심니더."

"유공자 집안이신데도 그렇네요."

"친일파들이 훈장을 잔뜩 받아 가는 통에… 진짜 독립운동가들은 생전에는 빛도 몬봤습니다. 고생만 직싸게 하고, 내 어머니까정 다 돌아가시고 1990년에야 훈장을 주데요. 돌아가신 지 37년이나 지났는데…."

"주변에 연락하고 지내는 분은 계세요?"

"내가 지금 여든 다섯인디 초등학교도 몬가봤심니다. 공부도 하고 싶었지요. 친구도 사귀고…. 허허, 그런디 복은 타고나야지 그게 마음대로 됩디까.”

대한민국이 세계 자살률 1위 국가라고 많이들 얘기한다. 종종 출처를 알 수 없는 통계를 자신의 주장을 강화하기 위해서 가져오곤 하는데 어떤 자료를 놓고 보아도 노인자살률만큼은 엄연한 사실이었다.

2020년 OECD에서 제공한 자료에 따르면 회원국의 인구 10만 명당 자살로 인한 사망률은 24.1명으로 한국이 가장 높았다. 우리의 직관에 의존하면 높은 자살률의 원인을 보통 실업 문제나 과도한 입시경쟁과 같은 것들부터 떠올리게 된다. 하지만 통계를 자세히 살펴보면 사망률을 높이는 주원인이 고령층에 있다는 것이 좀 더 객관적인 사실이다.

한국의 노인자살률은 10만 명당 53.3명으로 1위이며, 한국 전체 자살률의 2배이다. 80세 이상 자살률은 OECD 평균보다 3.0배 높다. 70세 이상의 자살률은 2.5배가 높다. 뒤이어 슬로베니아가 38.7명으로 2위, 헝가리가 34.2명으로 3위이고 그 격차가 크다. 노인자살률만 OECD 평균으로 맞추어져도 한국이 세계적으로 자살률이 높은 국가라는 오명을 듣지 않을 수 있다. 살기 좋은 나라의 순위에서도 많이 올라갈 것이다. 정말 아이러니한 이야기지만 ‘헬조선’이라며 자조 섞인 시선으로 보는 이 나라가 정작 ‘헬조선’이라는 단어를 모르는 노인들에게 더욱 가혹한 나라라는 사실이다.

어르신들의 사연은 보통 기부가 잘 이루어지지 않는다. 어르신들을 위한 활동에는 특히 더 많은 봉사자를 투입해서 추진하고 있는데도 불구하고 치료비는 마련하기가 확실히 어렵다. 그 원인을 경제학적인 관점에서 정리해 보자면 이렇다.

'국가경쟁력 혹은 노동생산성을 생각한다면 아픈 노인들을 회복시켜 주기 위한 투자는 비효율적이다.'

나는 기부가 작동하는 원리가 '공감'에 기반한 것이지, 생산성이라든지 효율과 같은 경제적 사고방식에 의한 것과는 하등의 관계가 없다고 생각했다. 하지만 중병에 걸린 청년들에 비하면 같은 병을 앓고 있는 할아버지 한 명을 위한 모금 캠페인은 현저하게 실패할 확률이 높다. 기부로 인해 어린이가 완치되어 건강한 어른으로 성장할 수 있다면 투입되는 자본 단위 당 미래의 노동생산성이 훨씬 높을 것이다. 이러한 관점은 길게 풀어놔서 그렇지 결코 새로운 것이 아니다. 이러한 사고방식은 노인을 위한 모금 캠페인을 진행할 때마다 항상 댓글로 확인할 수 있었다.

'곧 돌아가실 노인네 뭣 하러 살리냐.'

'치료해 놓으면 다른 데 또 아프다고 할 텐데.'

어쩌면 어르신들을 위한 모금함이 잘 안 되는 이유가 애덤 스미스가 말한 '보이지 않는 손'처럼 나라의 미래를 걱정하는 개인들이 무의식 속에서 효율적인 선택을 한 결과인지도 몰랐다. 그런데 자신만 기부를 하지 않는 것에 그치면 될 텐데 노인을 위해 성금이 모이는 것을 끔찍이도 싫어하는 사람들이 있다. 그런 사람들이 위와 같은 악플을 다는 것이다.

다행히 황문익 선생의 손녀 황구현 할머니를 비롯한 생계가 곤란한 독립유공자 후손 12명을 위해 한 달간 진행된 온라인 캠페인에서는 총 6,581,000원이 모금되었다. 다른 사연들에 비해 할머니가 큰 빚도 없고 목숨이 촌각을 다투는 상황도 아니라서 걱정을 했지만, 그 우려는 기우였다. 할머니가 진 빚은 없었지만 국민들 마음속에는 어렵게 사는 독립유공자 후손들에 대한 큰 빚이 남아있었다.

'독립유공자 후손들이 어렵지 않게, 대우받고 사는 날이 오기를' : 딘딩님 5,000원 후원

'감사함 마음을 잊지 않겠습니다.' : 뭉뭉이님 3,000원 후원

'덕분에 지금의 대한민국에서 자유롭게 살 수 있게 되었습니다.' : lhy8723님 1,000원 후원

'정의로운 행동을 하는 것에는 특별한 조건이 필요하지는 않지만, 정의로웠다는 이유로 정의롭지 못한 사람들보다 더 많은 괴로움을 감수하게 되어서는 안 되겠지요. 정의로운 분들의 노고가 더 잘 기억되고, 우리 사회에 더 많은 정의가 뿌리내리기를 바라는 마음으로 미약하게나마 힘을 보탭니다.' : 숨은천사님 10,000원 후원

유아차를 탄 강아지

청평에 사는 88세의 노인은 옛날 방식대로 개를 키우고 있었다. 한 유기견 봉사단체의 젊은 커플이 우연히 마을을 지나가다 1.5미터 남짓 되는 쇠사슬에 묶여있는 노인의 개를 발견하고는 노인에게 다가갔다. 그들이 '강아지를 이렇게 키우시면 안 됩니다.' 했더니 노인은 '어디서 온 사람들인데 참견이오?'라고 일갈했다.

대단한 성미의 노인이었다. 여자는 추운 겨울에 야외에 묶어두고 키우는 것은 학대라고 주장했지만, 노인은 들은 척도 하지 않았다. 커플은 정 집안에 들이기 싫다면 자기들이 데려가서 키우겠다고 주장했다. 그러자 노인은 아무 대꾸 없이 아궁이에 마른 장작을 넣고 군불을 때었다. 그러자 아궁이 근처에 묶여있던 강아지는 노인을 향해 꼬리를 흔들었다.

"이제 됐지? 갈 길들 가 봐."

일주일 뒤 커플이 한 번 더 찾아왔을 때 강아지도, 노인도 그 상태 그대로였다. 젊은 남자는 참지를 못하고 노인에게 주먹을 날렸고, 비쩍 마른 노인은 바람 빠진 풍선마냥 자기 집 마당에서 나뒹

굴었다. 노인의 팔목이 부러진 듯 금세 퉁퉁 불었다. 멀리서 경찰차의 사이렌 소리가 들리자 젊은 남자는 그제서야 처벌을 받아야 할 사람이 노인이 아니라 자신이 될 수도 있음을 깨달은듯했다. 경찰관이 마당 문을 열고 들어서자 커플은 울먹이기 시작했다.

"무릎 꿇고 진심으로 사과를 한다면 용서해 주지."

노인은 마을 사람이 다 들릴 만큼 쩌렁쩌렁 외쳤다.

"잘못했습니다. 할아버지. 한 번만 용서해 주십시오."

"이제 됐어. 갈 길들 가 봐."

노인은 대충 붕대로 손목을 칭칭 감싸고는 젊은 커플과 경찰을 모두 돌려보냈다. 나는 노인에게 왜 그들에게 치료비도 요구하지 않고 그냥 돌려보내신 거냐고 여쭤보았다. 사실 우리가 그곳을 방문한 이유는 갈 곳 없는 노인이 재개발로 인해 쫓겨날 위기에 처해있다는 소식을 듣고 도움을 주기 위해서였다.

"내가 사람들 앞에서 버르장머리를 고쳐주려고 경찰을 부른 것이지. 앞길 창창한 젊은이들 콩밥 멕이자고 불렀겠는가?"

노인은 팔목을 비비며 우리에게 냉장고에서 박카스를 꺼내 먹으라며 일러줬다.

"세상이 어떻게 된 건지 모르겠어. 예전에는 이런 일들이 없었는데 말이지. 사람보다 개가 우선이야. 옘병."

나는 노인도 불쌍했지만 유난히 추운 이번 겨울에 밖에 묶여있는 강아지를 떠올리니 그것도 마음이 불편했다. 노인은 그런 것에는 안중도 없는 듯하였다. 그런데 그런 생각을 하고 있는 와중 무심코 개집 쪽으로 다가가니 꽤나 따뜻한 것이 아닌가? 아궁이가 물건이었다. 노인의 집은 구식이라 아궁이로 난방도 하고 밥도 지어 먹었는데 아궁이에 한 번 불을 때면 그 잔열이 24시간 넘게 간다. 노인의 개도 아궁이 바로 앞에 묶여있었다. 그리고 자세히 살펴보면 길게 뻗어 나와 있는 천장의 슬레이트 지붕과 농기구 따위를 걸어놓는 양철판이 둘러 있어 따뜻한 공기가 그 안에서 맴돌았다. 나도, 그 젊은 커플도 요즘 사람이라 그런 것을 경험해 본 적이 없으니 잘 몰랐던 것이다. 노인은 개 때문에 땔감을 평소보다 두 배는 더 쓴다고 툴툴댔다. 그제야 난 비로소 완전히 노인의 편에 설 수가 있었다.

우리는 노인의 사연을 네이버 해피빈에 올렸고 5,444명의 네티즌들이 참여해 9,903,500원의 성금이 모였다. 이 돈으로 노인이 이사 갈 새집의 보증금을 마련할 수 있었다. 우리는 석 달 뒤 노인이 이사는 잘 마쳤는지 팔목은 좀 나아졌는지 확인하기 위해 청평을 다시 찾았다. 노인은 내 걱정이 무색하게 어찌나 정정한지 서류를 들춰보지 않고는 88세라고 도저히 믿을 수가 없을 정도였다.

"읍내에서 유아차를 들춰보니까 웬 개가 타고 있더라니. 니미럴."

카카오 같이가치, 네이버 해피빈 등의 기부플랫폼에서 가장 모금이 잘 되는 사연이 어떤 종류인지를 아는가? 그것은 바로 동물 의료비 모금이다. 그것도 근소한 차이가 아니라 압도적인 차이로 동물 모금이 활발하다. 어느 정도인가 하면 장애인, 여성, 아동, 노인, 다문화 등 그 외 모든 주제의 모금 캠페인을 합친 것보다 잘 될 때가 있었다. 모금액 기준으로 나열하면 상위 10개의 캠페인 중 8개가 동물 모금일 정도로 흔한 일이었다.

'어미를 잃고 죽어가는 새끼 냥이들을 살려주세요.', '악성종양이라는 이유로 주인에게 버려진 뽀삐'와 같은 사연이 '심장이식 수술이 필요한 성빈이'와 같은 사연보다 훨씬 모금이 잘 된다는 사실은 비영리단체에서 일하는 사람들이라면 모두 알고 있는 공공연한 사실이었다.

동물 모금이 잘 되는 이유에는 두 가지가 있다. 먼저 반려동물을 키우는 가정이 늘어난 시대상의 변화이다. 그러다 보니 동물이 예전과 같은 짐승이 아니라 가족의 일원으로 대우받는 것이 당연한 세상이 되었다.

두 번째로 동물의 순수성이다. 아무것도 모르는 동물들은 죄가 없다. 계산할 줄 모르고 사는 순수함 그 자체이다. 그에 반해 인간은 지금 당장 측은해 보일지라도 그 사람이 과거에 어떤 죄를 짓고 살았을지 모른다.

동물 모금의 압도적인 쏠림 현상이 수년간 계속 이어지면서 줄어들 기미를 보이지 않자, 결국 2021년 7월 카카오에 이어 네이버도 동물 모금을 중단하였다. 네이버는 해피빈을 통한 동물 의료비 모금을 한시적으로 중단하며 모금의 취지에 맞게 기부금이 사용됐다는 것을 증명할 수 있는 제도를 정비한 이후 동물 의료비 모금을 재개할 계획이라고 밝혔지만 아직까지도 재개될 낌새는 보이지 않는다. 그러나 결국 본질에 있어서 변화한 것은 없다. 인위적, 기능적으로 막았을 뿐이지 다시 동물 모금이 허용되면 여전히 우리나라 국민들은 사람이 아닌 동물에게 기부를 할 것이다.

6.

특이 봉사

가장 위대한 이름의 봉사, 가정위탁

2,000명의 봉사자와 300개가 넘는 봉사 프로그램을 관리했던 나조차도 그 높은 난도에 놀랐던 봉사가 바로 '가정위탁'이다. 가정위탁제도를 봉사라고 분류하는 사람은 거의 없지만 실질적으로는 아무런 보상도 기대할 수 없이 개인이 많은 시간과 돈을 들여 사회적 약자를 돕는 일이라는 점에서 봉사로 분류하는 것이 더 마땅한 이상한 제도이다.

'가정위탁'이란 단어가 등장한 것은 2003년으로 유엔 아동 권리위원회에서 한국 정부가 여러 번 경고를 받고 나서야 마지못해 도입한 것이 그 시작이다. '가정위탁'이란 학대나 방임 등 요보호 아동이 발생했을 때 문제가 해결될 때까지 또 다른 가정에서 일정 기간 대신 양육해 주는 것을 말한다. 유엔이 한국에 가정위탁 제도를 도입하라고 권고한 이유는 아동이 가정의 형태가 아니라 시설에서 집단으로 양육될 때 낮은 진학률을 보이는 등 현저하게 발달이 저해된다는 사실이 수많은 실증 사례와 연구를 통해 입증되었기 때문이다.

가정위탁이 유일한 대안 양육방식이라는 것은 학계에서는 1+1=2와 같이 토를 달 수 없을 정도로 명확한 명제 수준으로, 즉 아이들은 결코 그룹 홈이나 보육원, 청소년쉼터, 고아원에서 양육되면 안 된다는 것이다. 하지만 한국은 OECD 국가 중에서 유별나게 집단양육시설에 거주하는 요보호아동의 비율이 높다. 이는 한국전쟁 이후 발생한 전쟁고아들을 관리하기 위한 방편으로 정부 차원에서 고아원을 대거 개설하여 운영했던 전통이 현재까지 내려왔던 역사적 사실에 기인한다. 그러나 그때의 형편은 그랬다손 치더라도 한국이 선진국이 된 지금까지도 그 구조를 그대로 유지하는 것은 다른 선진국들이 보았을 때는 병원에서 소독도 없이 수술을 진행하는 것처럼 위험하고 미개한 행위였다. 현재 미국이나, 영국, 호주와 같은 선진국에서는 요보호아동이 발생했을 때 가정위탁으로 진행되는 경우가 90%를 넘는다. 한 명의 보육교사가 여러 아이들을 관리하느라 충분한 애착 관계를 형성할 수 없는 보육원, 그룹 홈 같은 집단양육시설은 지양한다. 그런데 한국은 요보호아동의 20%만이 가정위탁으로 배정된다. 그리고 그 20% 중 99%가 친인척 가정위탁이다. 할머니, 이모 등이 맡는 경우가 친인척 가정위탁으로 분류되는데 이는 자연 발생적 수치에 가깝다. 제도적 영향력은 1%도 채 미치지 못하는 것이다.

유독 한국에서만 가정위탁 제도가 이처럼 자리 잡지 못하는 이유에 대해서 일부 학자들은 혈연에 대한 집착과 같은 유교 문화의 전통이 있어서라고 보지만 돈의 흐름을 따라가면 그보다 더욱 현실적인 이유가 모습을 드러난다. 정부는 아이 한 명을 양육하는 데 필요한 양육보조금을 지급하는데, 양육 현실과 동떨어진 월 15만 원의 양육보조금이 지급되기 때문이다. 그에 반해 호주는 315만 원, 미국 179만 원, 영국 162만 원, 일본 161만 원을 지급하고 있다. 한국은 이미 일본보다 1인당 GDP와 물가가 높은 나라임에도 불구하고 말이다.

반대로 한국의 보육원들에 정부가 주는 양육보조금은 이미 아이 한 명 당 166만 원으로 영국이 위탁가정에 지급하고 있는 액수보다 많다. 월 162만 원이면 일반가정에서도 맡아서 키우겠다는 지원자가 넘칠 정도로 금전적 이득이 크다는 것이 영국에서 입증되었는데, 단체로 키울 때는 공통 경비가 줄어드니 양육자의 수익률은 영국보다 훨씬 높아질 수밖에 없다. 집단양육시설도 일종의 수익사업으로 운영되고 있는 것이다. 그러다 보니 한번 설립 허가를 따내면 대물림하며 가족 사업으로 운영하는 형태가 많다. 또 그러한 이해관계자들이 협회와 단체를 조직해서 정부와 정치권에 압력을 가하기 때문에 가정위탁에 보조금을 늘릴 수가 없게 되는 것이다. 반면 가정위탁제도를 수호할 이해집단은 존재하지 않는다. 위탁 부모들은 절대적 숫자도 적을뿐더러 금전적 손실을 각오하고 시작한 사람들이기 때문에 이익단체를 구성하는 일에는 관심이 없고 정말 양육에만 최선을 다하고 있어 더욱 안타까울 따름이다.

김진철, 이양순 부부는 내가 만난 봉사자 중에 가장 위대한 봉사자이다. 부부가 사천경찰서에서 데리고 온 상처받은 아이는 한

마리의 야수와 같았다. 아이의 행동을 보면 머리 검은 짐승을 왜 선조들이 집안에 들이지 말라고 했는지 대번에 이해가 되었다. 6살밖에 되지 않는 아이가 그렇게 큰 존재감을 드러낼 수 있다는 것이 놀라웠다.

"아이 교육 좀 똑바로 시켜요!"

식당 손님이 양순 씨 부부에게 크게 화를 냈다. 아이가 다른 손님 테이블에 있는 고기를 손으로 냅다 집어 먹어버린 것이다. 사실 이미 손님들은 진작에 화가 나 있었다. 아이가 테이블 사이를 휘저으며 소란을 부리고 있었기 때문이다. 양순 씨 부부는 아이를 어떻게든 진정시키려 애써보지만 아이는 그 어떤 인간의 언어도 알아듣지 못하는 듯이 보였다.

"죄송합니다. 죄송합니다."

부부는 다른 테이블 손님들에게 일일이 사과하고 식당 주인에게도 머리를 조아리느라 밥도 제대로 먹지 못하였다.

"선생님이 여기까지 오신대서 정말 오랜만에 밖으로 나온 건데 괜한 일을 벌였네요. 죄송합니다."

위탁모 양순 씨는 내게도 사과의 말을 건네었다. 그런데 이상한 점은 그렇게 연신 사과를 하면서도 아이를 물리적으로 제지하지 않는 것이었다.

"저 어린 것이 맞아서 저렇게 된 긴데, 저희가 또 아이한테 힘을 써서는 되겠습니꺼?"

김진철, 이양순 부부와 나 그리고 아이는 함께 집으로 돌아왔다. 식당에서 아이 때문에 밥을 먹는 둥 마는 둥 했지만 이미 몇 숟가락은 들어간 이후라 새로 차리기는 그렇고 해서 간단히 차나

마시며 궁금한 것들을 두 사람에게 물어보았다.

"어머님, 얼굴에 그 상처는 뭡니까?"

"지 맘에 안든다꼬 승질을 부려싸요. 보이는 걸 집어던지는데 하필 가위를 제가 안 치워 나둬갖고…."

"아이고, 어머니 상처가 눈 바로 아래에요. 큰일 날 뻔하셨네요."

부부는 힘든 기색이 역력했지만 그래도 아들딸 잘 키워 대학 기숙사 보내고 나니 적잖이 쓸쓸했는데 아이 덕분에 집안에 활기가 넘쳐 좋다고 하였다.

"두 분께 궁금한 게 있는데 왜 입양을 안 하시고 가정위탁을 선택하셨어요?"

"야는 애초에 입양이 안 되는 아이였어요. 입양아면 키우겠다는 사람은 있었는데 위탁은 한참 키우다가도 불시에 친부모가 데려갈 수 있다고 아무도 안 키우겠다데요. 그래서 더 이 아이가 짠하고 안 돼서 우짜꼬 하다가 데려왔지요."

"입양이 왜 안 되는 아이였어요?"

"애 아빠가 지금 빵에 가 있는데, 친권 포기를 안 하겠다고…."

"그래도 이미 아이랑 정이 많이 드셨을 텐데 갑자기 친부모가 데려가면 좀…."

내 질문에 진철 씨가 단호하게 대답했다.

"때 되면 지 부모한테 가야죠. 저희들이 아무리 잘해도 어디 제 부모만 하겠습니까?"

진철 씨는 아이와 헤어질 시간이 필연적으로 오리란 것을 예상하고 이미 마음을 굳게 먹은 듯했다. 사실 부부가 아이를 끝까지 데리고 있겠다고 마음을 먹어봐야 법적으로 막을 수 있는 방법도 없었다. 그럼에도 불구하고 양순 씨는 남편의 말에 동의하지 않는 듯했다.

"그 인간이 부모가? 그런 인간한테 우째 보내노…."

"그래도 보내야지. 우리 애는 아니잖어…."

양순 씨의 눈에 눈물이 고이는 것이 보였다.

입양도 쉽지 않은데, 이미 정든 아이를 다시 떼어내야 하는 것까지 생각하면 보통 사람이 실천하기 힘든 수준의 자기희생이 필요한 것이 가정위탁이다. 이 부부가 아이를 맡은 이후로 아이의 상태가 상당히 호전되었다는 지역가정위탁센터의 보고서를 보았다. 하지만 이 부부와 같이 월 15만 원의 양육비만 받고도 무엇이든 임할 자세가 되어있는 사람은 세상에 거의 없을 것이다. 그러나 현실적인 것을 떠나서 아이에게 가장 좋은 환경이 무엇이냐 묻는다면 양육자가 맡는 아동의 숫자가 적을수록 좋은 것이고 그것이 가정위탁이다. 사람들은 현실의 범주를 자신들이 원하는 형태와 범위로 설정해놓는다.

'현실'이라는 단어는 진짜 현실을 묘사하고 싶을 때 사용되기도 하지만, 타인의 꿈을 꺾기 위한 수단으로도 쓰인다. 지금도 많은 관계자들이 한국 사회에서는 현실적으로 가정위탁제도의 도입이 어렵다고 말하고 있다.

유토피아적이기보다는 아포칼립스적인 봉사의 세계

국내에서 손꼽히는 한 대기업에서 미팅을 요청했다. 우리의 활동이 인상 깊다는 이유였다. 기업과 리듬이 함께 컬래버레이션을 하면 더 큰 가치를 만들어 낼 수 있을 것이라고 하였다. 봉사 프로그램을 어떻게 운영하고 있는지, 내부 교육은 어떻게 이루어지고 있는지, 조직은 어떻게 구성되어 있는지 상세히 알려달라고 했다. 기업의 차장과 대리가 직접 방문해서 우리가 준비한 자료를 모두 가져갔다. 그리고 몇 달 뒤 우리가 건네주었던 자료와 같은 내용의 봉사 프로그램이 기업의 포탈에 대대적인 이벤트로 개최되었다. 하지만 거기에 우리의 흔적은 전혀 들어가 있지 않았다. 나는 미팅했던 담당자에게 전화해서 어떻게 된 일이냐고 물어보았다. 담당자는 그렇지 않아도 마침 연락하려고 했었다며 대수롭지 않은 일인 듯 말하면서 우리가 추천하는 봉사자는 특별히 배려해서 우선 선발해 주겠다는 것이었다. 그리고는 시나리오, 촬영, 편집, 작곡, 디자인 각 분야에 우리의 가장 뛰어난 봉사자의 이름과 연락처를 공유해달라고 하였다. 오히려 이번 기회를 이용하여 숙련된 봉사자들을 자신들의 프로그램의 기초로 삼으려는 담당자의 전략적 영리함에 나는 혀를 내둘렀다. 통화녹음을 켜놓은 것이 천만다행이라는 생각이 들었다. 사실 나는 담당자의 진심 어린 사과만 있었다면 우리 봉사자들을 잘 설득해 볼 의향이 있었다. 우리가 배제되더라도 좋은 봉사 프로그램이 널리 퍼지는 것은 좋은 일이었고 , 회사의 방침에 동의하지 않더라도 마지못해 따라야 하는 것이 샐러리맨들의 운명이라는 사실을 잘 알고 있었기 때문이었다. 하지만 나는 담당자의 뻔뻔함을 더 이상 참을 수 없었다. 이런 식으로 힘센 어른들이 힘없는 학생들의 아이디어를 낚아채 마치 자신들의 기획인 것마냥 그대로 활용하는 것이 양심적인지 따져 물었다.

나는 담당자가 말을 바꿀 때마다 하나하나 근거를 들어 반박하기보다 잠깐이나마 설레었던 우리 봉사자들의 실망감을 이야기하고, 사람 대 사람으로서 느낀 배신감과 슬픔을 전달했다. 이 일이 있고 난 며칠 뒤 기업의 법무팀으로부터 메일이 도착하였다. 리듬이 자신들과 공식적인 협약을 맺은 적이 없는데 마치 협업을 하고 있는 것처럼 행동했다며 앞으로 자신들의 기업 이름을 거론하면 법적 조치를 취하겠다는 내용이었다.

이후 알고케어라는 한 스타트업이 3년간 개발한 아이디어가 롯데 그룹과의 협업 제안 미팅 이후 몽땅 탈취되었다는 뉴스를 보았다. 정확히 내가 겪은 것과 같은 과정이었다. 그 스타트업의 대표는 김앤장 법률사무소와 서울대 로스쿨 출신의 변호사였다. 저런 사람도 당하는데 나 같은 사람은 어쩔 수 없었겠구나 하는 생각에 타인의 아픔을 통해 회복하는 것이 부끄러웠지만 내가 그 기업에 바보같이 휘둘렸던 것에 대한 자책감을 조금이나마 덜어낼 수 있었다.

이런 일을 겪을 때마다 회의감이 일었다. 그럼에도 불구하고 나는 더 똑바로 서야겠다고 다짐했다. 이러한 견딤도 봉사의 일부라고 여기기로 했다. 하지만 몇몇 사람들은 내가 이런 일을 겪을 때마다 위로해 주기보다는 건수를 잡았다는 듯이 '그것 보라'며 '이제 너는 너의 삶을 살아야 할 때'라고 조언했다. 나뿐만 아니라 우리 봉사자들의 많은 주변 사람들이 봉사자들을 격려하기보다는 희생적이거나 이타적인 삶을 살지 못하도록 조언한다. 또 그중에 몇몇 사람들은 봉사자 자신이 즐겁고 재미있다고 하는데도 힘든 거 뻔히 안다며 봉사활동을 그만두기를 종용하였다. 이런 일이 반복되다 보니 우리는 일부 사람들이 자신의 주변에서 도덕적 기준이 높아지는 것을 불편해한다는 것을 깨달았다. 우리가 몇몇 사람들에게 불필요한 고통을 주고 있었던 것이다. 우리 아이디어를 탈취해 간 기업의 담당자도 위에서 시켜서 한 일인데 내 도덕적 비난에 꽤나 억울했을 것이다. 그래서 담당자가 더욱 화가 났었던 것이다. 담당자가 그토록 화가 나지 않았다면 내용증명까지는 오고 가지 않았을지도 모르는 일이었다.

그 이유에 대해서는 만델라의 격언에서 힌트를 얻었다. 사후 성인 반열에 오른 넬슨 만델라 전 남아프리카 공화국 대통령은 살면서 가장 후회되는 것이 무엇이냐는 질문을 받았을 때 이런 말을 했다.

"나는 다른 사람을 도덕적으로 모욕하는 것은 그 사람이 불필요하게 잔인한 고통을 겪게 만드는 것임을 배웠습니다."

딱히 불법적인 행위를 저지르지 않고 '하루하루를 평범하지만 성실히 살아가고 있다'고 해도 열성 봉사자 주변 사람들 중 일부는 상대적으로 자신의 삶에 부족함을 느낀다. 꼭 봉사가 아니더라도 '열심히 산다는 것'도 일종의 도덕 규범이 되어버린 현대 사회에서 끊임없이 자기계발을 하는 사람들도 주변에 비슷한 반응을 일으킨다. 이를테면 어떤 사람이 평일 내내 일하고 주말에 누워서 TV를 켜려고 하는데, 같은 평일을 보낸 회사 동료 직원이 주말에도 아침 일찍 일어나 영어회화 학원에 간다는 소식을 듣게 되는 것은 결코 유쾌한 일이 아닐 것이다. 그 소식을 듣는 순간 자신이 꿈꾸던 주말의 행복은 이미 반 이상이 날아간 것이나 다름이 없다. 하지만 도덕적 죄책감을 불러일으키는 문제는 단순히 게으름을 피운 것에 대한 죄책감보다 때로는 더 직접적으로 다가온다. 그런 것이 만델라가 말한 '불필요한 고통'의 발생 과정이었다. 나름대로 자신의 루틴에 따라 열심히 산 사람들이 만델라와 같은 위대한 성인 옆에 있으면서 지속적으로 상처를 받게 되는 것을 의미하는 것이다. 갑작스럽게 그리고 일방적으로 느끼게 된 불편한 마음과 죄책감, 그 뜬금없는 고통에 대해서 '범인 찾기'에 나선다면, 주말에 모범적인 시간을 보낸 친구에 대한 화로 이어진다. 몇몇 생태주의 환경운동가들도 내게 비슷한 이야기를 해준 적이 있다. 진성 환경운동가들은 친구도 가족도 모두 잃는다고.

사람들은 누구나 주변 사람들로부터 높은 평가를 받고 싶어한다. 세상의 기준에 맞춰 열심히 산 사람이라면 더욱 그렇다. 사회적으로 높은 평판를 받기 위해서 행해야 하는 보편적인 요소들, 이를테면 시간약속 잘 지키기, 어학 공부, 꾸준한 운동, 외모 등 자기관리와 같은 항목들은 잘하면 잘할수록 평판이 좋아질뿐더러 개인적으로도 큰 이익을 가져다 준다. 하지만 선행과 성실함은 앞에서 예로 든 수많은 공통점에도 불구하고 한 가지 지점에서 큰 차이를 보인다. 그것은 바로 사회적 평판을 올리는 요소들 중에서 선행은 유일하게 잘하면 잘할수록 자신에게는 손해가 발생하는 항목이라는 점이다. 다음의 예를 들어보면 이해하기 쉬울 것이다.

자, 여기 두 명의 사람이 있다. 둘은 친한 친구이다. 그중 한 친구가 공부를 열심히 하기 시작했다. 곧 둘의 성적에 차이가 벌어진다. 다른 친구도 자극을 받아서 공부를 하기 시작했다. 둘은 그렇게 10년 동안 치열하게 서로를 롤 모델 삼아 경쟁하였다.

이 두 사람은 10년 후에 어떤 사람이 되었을까? 학생이라면 아마 의사, 박사, 판검사가 되었거나 직장인이었다면 많은 자격증과 어학 능력을 따서 더 좋은 회사로 이직할 수 있었을 것이다.

그렇다면 이번에는 위의 사례에서 공부가 아닌 '선행'으로 경쟁의 주제를 바꾸어서 10년을 보냈다고 생각해 보자. 시간이 흐른 뒤에 두 친구는 각각 어떤 사람이 되어있을 것으로 상상이 되는가? 아마 돈, 직업 등 세속적인 관점에서는 큰 발전이 없었을 것이다. 이것이 선행 경쟁의 맹점이다. 그래서 쉽사리 선행의 경쟁에 뛰어들 수가 없다. 그렇다고 친구가 앞서가도록 놔두자니 내가 달성하지 못하고 하기도 싫은 분야의 평판에서 뒤처지게 된다. 그러니 선행으로 인한 평판의 간극을 메꾸려면 친구의 선행 자체를 평가절하하는 것이 더 합리적인 행위가 될 수가 있다.

그럼에도 불구하고 사회에서 갈수록 장려되고 있는 것이 '선행'이다. 그렇기 때문에 현대 사회에서는 '일단 성공하고 나서 베풀자.'라는 대도가 주류를 이루게 되었다. 전 재산의 99%를 세상에 기부하기로 한 빌 게이츠나 워런 버핏처럼 성공한 다음에 제대로 베푼다면 크게 문제될 것이 없다. 하지만 대한민국에서는 타인의 삶 따위에는 관심도 없으면서 표면적으로만 착하게 보이려는 사람들이 너무나도 많아지고 있다. 특히 사회의 지도층에 가까워질수록 더욱 그렇다. 왜냐하면 선행으로 인해 발생하는 금전적 손해들은 평판의 상승으로 인한 마케팅적 차원의 이익으로 충분히 메꾸어지기 때문이다. 그래서 이러한 현상들은 더욱 가속화되고 있다.

병원에서 혈당수치가 높아졌다고 해서 저탄수화물 식품들을 찾아보던 와중에 다이어트 식품이라는 랭킹닭컴 닭가슴살 소시지에 대해서 알게 되었다. 그런데 몇 달 후 나는 충격적인 사실을 알게 되었다. 이 소시지가 맛에 비해 탄수화물이 적은 것을 기이하게 여긴 '너구리다고'라는 한 유튜버가 개인적으로 랭킹닭컴 소시지에 대한 성분조사를 의뢰했더니 제조사가 표기한 것보다 탄수화물이 790%가 더 많게 측정되었던 것이다. 나는 이 사건을 좀 더 자세히 알고 싶어 뉴스를 검색해 보았다. 랭킹닭컴 소시지가 성분조작으로 즉시 판매가 중단되었다는 기사들이 몇 개 떴다. 그런데 더욱 내 눈길을 끈 것은 바로 최상단에 있는 기사들이었다.

'푸드나무, 건강식 기부로 선한 영향력… 랭킹닭컴 인기 제품, 푸드뱅크에 전달', '랭킹닭컴 운영기업 푸드나무(대표 김영문)가 사각지대에 속한 취약계층을 위해 식사를 지원하며 어려운 이웃과 함께 따뜻한 동행에 나섰다.'

랭킹닭컴 대표의 사례처럼 상류사회로 나아가는 길목에 있는 사람들이라면 선행으로 얻게 되는 평판이 자신에게 더 높은 이익을 가져다줄 수도 있다. 하지만 인구의 절대다수는 그러한 자리를 경험해 보지 못하고 한평생 살아간다. 그렇다면 선행은 성공한 사람의 액세서리가 될 수밖에 없다. 그렇기 때문에 내가 지금처럼 가난한 독립영화감독이자 영세 비영리단체의 사회복지사로 살아가는 동안에는 내 봉사활동이 고깝게 보이긴 해도 그 진정성에는 의구심을 받진 않겠지만, 훗날 나중에 혹시라도 성공하게 된다면 착한 척한다고 평가받지 않을까 하는 생각이 들었다. 이러한 생각을 하던 와중에 나에 대한 한 편의 기사가 게재되었다는 소식을 지인을 통해 듣게 되었다. 그래서 그 링크를 찾아 열어보았다.

'홍대파가 아닌 화가, 중대파가 아닌 사진가, 대학 소속이 아닌 인문학 연구자, 지방대 출신의 테너, 출산 휴가 간 교사를 대신해 일하고 있는 기간제 교사가 살아가는 링 밖의 현실에서 확실한 승리는 없다… 이진혁 감독은 고교 중퇴 후 독학 끝에 이 영화를 만들었다. 영화계라는 링

위에서 '최종학력 중졸' 감독은 이겼을까? 〈링〉 제작 후 아직 이어진 작업은 없다. 이진혁은 패배한 것인지도 모른다.'

기사를 쓴 사람은 나와 일면식도 없는 사람이었다. 그는 나에게 일체의 전화인터뷰도 시도한 적이 없다. 봉사에 푹 빠져 영화감독으로서의 자각을 잊고 살던 나는 세상이 돌아가는 냉혹한 현실을 다시 한번 깨달았다. '걔는 요즘 뭐 한대?', '뭐? 사회복지사?' 큰 소리로 되묻는 친구들의 반응은 놀람을 넘어 경악스러움에 가까운 것이긴 했다. 나는 내 자신이 가치 있게 살고 있다고 생각하고 있었는데 사회에서 나를 객관적으로 바라보는 시선은 역시 퇴물이었다. 알고는 있었지만 이렇게 활자로 접하니 더욱 울적해졌다. 나와 같은 영화제에서 데뷔를 했던 이병헌 감독은 〈극한직업〉과 최근에는 〈닭강정〉으로 넷플릭스에까지 진출하며 승승장구하고 있는데 '아뿔싸 내가 지금 뭐 하고 있는 짓인가' 하는 생각이 들었다. 내가 50억 원을 모아 430명의 환자들에게 전액 전달해 주었다고 말하자 이모는 내게 이렇게 말했다. '그 시간에 천만 영화를 찍어서 기부하면 50억 원이 아니라 100억 원도 가능하지 않았겠냐.'

물론 내가 이병헌 감독처럼 천만 영화를 찍을 수 있을 것이라는 자신은 없다. 물론 이모도 정말 내가 그럴 수 있을 것 같아서 하는 말은 아닐 것이다. 봉사를 그만하고 지금보다는 좀 더 현실적인 삶을 살기를, 더 나아가 길을 잘 닦아 놓고선 그 기회를 가져보지도 못한 채 져버리는 것은 너무 아쉽지 않겠느냐는 취지일 것이다.

나랏일이 봉사로 이어진 민주평통자문회의

"수고 좀 해주시게."

민주평화통일자문회의 금천구협의회 김상길 회장님이 이 말을 처음 내게 건넸을 때는 무슨 말인지 잘 이해하지 못했다. 그런데 내가 봉사단을 운영한다는 이야기를 듣고 단 한 번 만난 김상길 회장님이 내게 덜컥 중책을 맡긴 것이다. '민주평통'은 헌법에 명시되어 있는 대통령 직속의 국가기관이자 일종의 봉사단체라고 할 수 있다. 말이 이상하게 들리는데 이는 이 기관이 복잡하고 모순적인 과거를 거쳐 지금에 이르렀기 때문에 그렇다.

민주평통의 전신은 제4공화국의 유신 헌법에 의해 만들어진 통일주체국민회의이다. 제4공화국의 대통령 선출 제도는 전 국민 비밀투표가 아니라 통일주체국민회의가 간선제를 통해 대통령을 뽑게 되어있었다. 그렇게 선출된 대통령은 대법관 임명권과 국회의원 1/3 임명권도 있었으니 이 기구는 말 그대로 대한민국 최상위 의결기관이었다. 그래서 당시 대중들은 이를 '체육관 선거'라고 비꼬아 부르기도 했다. 그런데 이후 대한민국이 대통령

직선제로 다시 돌아오게 되면서 장충체육관 옆에 있는 사무처 청사 등 물적 구성과 사무처 근무 인력 등 인적 구성까지 모두 평화통일자문회의로 넘어갔으며, 1987년 그 명칭이 최종적으로 '민주평화통일자문회의'로 정해지게 되었다. 헌법개정이 거의 불가능해진 작금에 와서는 이 기관의 역할이 명확하지 않은데 헌법에 그렇게 남아 있다 보니 꾸준히 예산이 집행되고 있는 애매한 조직인 것이다. 현재는 실질적인 권한이 거의 없고 보수도 없는 완전한 명예직이다.

그렇다. 봉사단체와 유사해진 것이다. 그렇게 해서 지금 이 조직이 맡고 있는 주역할은 지역유지들의 지역사회 봉사라고 할 수 있다. 인원은 시군구 단위별로 100~200명가량 되며 전국적으로는 총인원이 2만 명가량 되는데 지역 단위로만 활동을 하는 편이다.

이들 구성원은 대통령, 구청장, 국회의원 등의 추천으로 뽑는데 그러다 보니 정치인, 사업가, 병원장, 시민단체장, 은행지점장 등 해당 지역의 힘 좀 꽤나 쓰는 사람들로 구성되어 있으나 일부 실제 일할 사람들은 지역의 청년들로 선발할 수 있어서 나도 참여할 수 있게 되었다.

금천구 지역회의의 참석자들은 50대에서 70대, 평균적으로는 60대 전후를 이루고 있는 연령대의 모임이었다. 처음 참여한 봉사활동은 금천구 남문시장의 상인들과 인사하며 덕담을 나누고 용기를 북돋아드리면서 미리 준비한 물티슈 따위의 생활 물품들을 나누어주는 일이었다. 겨울에는 생계에 어려움을 겪고 있는 북한이탈주민과 다문화가정에 건강식품을 마련해서 전달하였으며, 국군 상이용사 어르신들께도 생활비와 물품을 전달하는 행사도 종종 열었다. 협의회장님은 상이용사 어르신 한 분 한 분의 손을 꼭 잡고 국가를 위한 그들의 헌신에 감사를 표하였다. 이런 후원 물품 전달식 행사는 형식적이기 마련이다. 지금까지 본 모든 행사가 그러했다. 사실 진짜 전달만이 목적이라면 행사장 마련이라는 것은 필요가 없다. 물품은 택배로 받는 것이 편하고, 어차피 후원금 전달은 요즘은 증빙 문제로 수령인 명의의 계좌 이체로 밖에 받을 수 없다. 그런데 계좌 이체가 되는 후원금은 형태가 없으니 액수가 적힌 대형 패널을 만드는 데 또 돈이 들었다. 오프라인 행사는 사진을 찍기 위한 목적인 것이다. 거동이 불편한 장애인들이며 노인분들이 행사에 와야 돈을 받을 수 있으니 그들이 불편한 몸을 이끌고 절뚝거리며 화려한 조명과 레드카펫, 리본 등으로 치장된 무대로 올라오는 모습을 보면 잔혹 동화가 따로 없었다. 그리고 종종 형식적인 전달식이 끝난 후 전달된 후원금의 두 배가량 되는 비용을 들여 초청한 가수가 공연을 하고, 텅 빈 객석에는 행사관계자 몇 명만 자리 잡고 앉아 공연을 지켜보곤 했다.

그래도 다행히 이번 행사는 소박하게 진행되었다. 이는 협의회장님의 철학을 반영한 듯싶었다. 협의회장님은 상이용사 단 한 명의 이야기도 중간에 끊지 않고 들어주느라 전달식 행사는 기약 없이 길어졌다. 보통 칼같이 끊는데 이러한 점도 특이했다. 그리고 그 긴 이야기를 듣는 와중에도 잡은 손을 놓지 않았다. 다른 사람들에게 여쭤보니 매년 똑같이 저렇게 해왔다고 한다.

청년인 나는 별도의 찬조금을 내지 않았지만 다른 임원들은 적게는 매년 수백만 원에서 많게는 2,000만 원까지 돈을 내었다. 나는 돈을 내지 않은 대신 협의회장님을 실망시켜 드리지 않기 위해 나름대로 열심히 활동을 하였다. 청년은 19명으로 공식적으로는 44세 이하를 기준으로 하며 구의원, 카페 사장, 독립출판사 직원, 은행원, 회사원 등이 있었다. 모두 처음 보는 사람들이었다. 그럼에도 불구하고 내가 봉사 프로그램 이야기를 꺼내자 대개 기다렸다는 듯이 최선을 다해 도와주었다.

나는 민주평통의 설립 이념에 부합하는 봉사활동으로 러시아-우크라이나 난민 지원 봉사활동을 기획했다. 러시아-우크라이나 전쟁으로 인해 한국으로 피난 온 우크라이나 난민 아이들을 찾아가 구호 물품을 전달하는 것과 동시에 함께 어울리는 놀이 봉사활동을 준비하였다. 이런 활동에도 모두 비용이 들었는데 나는 찬조금을 내지 않은 대신 활동비라도 부담해야겠다고 생각했다. 그런데 협의회장님이 내 주머니 사정을 눈치챘는지 30만 원을 건네주었다.

눈치가 빠르고 백발이 성성한 협의회장님은 유명한 세무법인의 대표이자 세무사였고, 서울시 의원인 아들과 대치동의 병원장 며느리를 둔 집안의 어른이었다. 사람들 이야기로는 협의회장님이 왕년에는 삼성을 때려잡은 철두철미한 국세청 직원이었다고도 했다. 어르신은 내게 요즘 수고가 많으니 그 정도는 받아두어도 된다고 하였다. 나는 이게 누아르 영화에서만 보던 올드스쿨 보스의 방식인가 싶었다. 하지만 나는 어르신과 점점 더 많은 이야기를 나눠볼수록 오히려 그런 스테레오타입과 거리가 먼 사람이라는 생각이 들었다. 특히 그런 느낌을 강하게 받은 것은 나도 꽤 관심을 가졌던 한국 요양원 문제에 대한 이야기를 나누면서다.

"난 요양원에 안 갈 거야. 거기 가면 늙은이들을 약에 재워서 바보천치로 만들어. 왜 그런지 알아? 그래야 일이 편하거든."

나는 어르신께 그래도 가정에서 중환자를 돌보는 것은 한계가 있지 않겠냐고 여쭤보니 이미 집에서 요양보호사 두 명을 고용하여 96세의 어머니를 모시고 있다고 답변하였다. 그리고 그 옆방에는 동년배의 장모님도 모시고 있다고 하였다. 나는 믿기지 않아서 정말 두 분 다 한집에서 모시고 있냐고 재차 여쭈어보았다.

"내가 내 어머니만 모시면 마누라가 안 섭섭하겠어? 둘 다 모시는 게 공정한 일이야."

사돈끼리 한 지붕 밑에서 산다는 게 생경하게 느껴졌지만 무언가 따뜻한 느낌도 들었다. 하지만 누구나 협의회장님처럼 환자를 위한 방을 하나 따로 내주고 요양보호사를 종일 고용할 수는 없다. 12시간 간병비만 해도 월 350만 원인데, 24시간 케어하려면 월 700만 원은 들 것이다. 나는 국민건강보험만으로 입주할 수 있는 요양원일지라도 환자 가족들이 안심하고 믿고 맡길 수 있는 시스템이 언젠가 갖추어졌으면 한다.

차별과 경멸의 시선받이, 가난

이화여대에서 봉사동아리를 설립했던 이보람 회장은 취업하기 어렵지 않은 공대를 졸업하고 나서도 비영리단체의 대표가 되어 부모님의 속을 썩이고 있었다. 그런데 그녀의 이야기로는 초등학생 때부터 부모의 속을 썩이는 아이였다고 했다. 그녀의 아버지가 '이놈의 뱃속에 거지가 들었나!'라는 상투적인 표현만 써도 그녀는 '아빠! 거지가 돈이 없어서 배고픈 거지 남들보다 욕심이 많아서 배고픈 게 아니잖아요!'라고 따졌다고 한다. 그녀의 거지 이야기는 짤막했지만 시사하는 바가 많았다. 가난한 이들에 대한 우리 사회의 암묵적인 시선을 자각할 수 있었으며, 그 어린 나이에 순간적으로 그런 추상적인 가치판단들의 상호 관계를 파악해 낸 명석함에 놀랐다. 서른이 되어서야 봉사에 관심을 가지기 시작한 나에 비하면 그녀는 이 시대의 진정한 '봉사왕'이라고 할 수 있었다.

'친구들이 휴거라고 놀려요.'

휴거라고 들어보았는가? 휴거는 '휴먼시아 거지'의 약자이다.

내가 한창 방문 상담을 하는 중에 그 집의 둘째가 다른 사람이 와 있는 것을 모르고 현관문을 열고 들어오자마자 엄마에게 하소연을 했다. 휴먼시아는 GS자이나 현대 힐스테이트 같은 LH의 아파트 브랜드 명칭이다. 그런데 LH가 공기업이라 공공임대아파트를 많이 짓다 보니 기초생활수급자들이 휴먼시아 아파트에 사는 경우가 많다. 그런 이유로 휴먼시아에 사는 사람들을 '휴먼거지' 혹은 '휴거'라고 부르는 것이다. 휴먼시아가 모두 임대주택인 것도 아닌데, 제값 주고 분양받은 평범한 주민들은 분통 터지는 일이 아닐 수 없다. 그러다 보니 이런 일도 있다. 같은 단지인데도 불구하고 어느 날 임대아파트가 있는 동의 멀쩡한 진입로를 리모델링해서 주차 차단기를 따로 설치하고 단지 정문으로 들어오지도 못하게 하였고, 도로에서 보았을 때 같은 단지인지도 모르게 해놓았다. 이건 내가 2022년에 방문했던 한 임대주택에서 일어났던 실제 사건이었다. 이렇게 되니 아무나 초대받지 못하는 비밀스러운 학부모 모임에 참여하지 않더라도 같이 하교하는 자녀들 사이에서 누가 휴먼거지이고 아닌지가 분명해지는 것이다. 임대주택 주민들은 아파트 관리비를 5년을 내었든 15년을 내었든 소유권자가 아니기에 집주인들로 이루어진 아파트 대표회의 결정을 무기력하게 받아들일 수밖에 없다. 우리 사회에서 가난한 사람들은 그들이 실제 감당해야 할 경제적 어려움에 더해 '차별과 경멸'이라는 이중고를 함께 치러내고 있다.

씁쓸한 유튜브 알고리즘의 효과

'나는 봉사가 세상을 바꿀 수 있는 것도 같아.'

전에 유튜브에 올린 모금 영상의 조회수가 10만이 넘었다는 사실을 이보람 대표로부터 전해 들었다. 노영 씨의 영상이었다. 쉰 살의 노영 씨는 200kg이 넘는 초고도비만 여성으로 자력으로는 거동이 힘든 생활보호대상자였다. 그 정도가 되면 이미 식단 조절이나 생활습관 개선과 같은 수단으로 체중을 줄일 수 있는 단계는 지났고, 위장 절제 수술과 정신과 치료를 병행해야 한다. 그래서 우리는 노영 씨를 찾아가서 치료비 모금을 전달하였다. 그러나 게으른 비만 환자에 대한 우리 시대의 시선은 좋지 못하다. 그리고 그런 환자를 돕는 우리는 더더욱 좋은 소리를 못 듣는다. 하지만 그녀의 사연은 사람들이 흔히 생각하는 그런 경우가 아니었다.

47년 전 충청남도 금산의 한 한적한 시골길. 미래에 대한 걱정보다는 방과 후에 뭐 하고 놀 것인지만 몰두해있던 하굣길의 여

중생들이 남성 두 명에게 납치당했다. 남성들은 그들을 동네 야산으로 끌고 갔다. 그들은 저항했지만 그 저항 의지가 꺾일 때까지 남성들은 마구잡이로 두 명의 힘없는 여학생들을 구타했다.

그 시절 그런 일은 아무도 모르게 덮어야 했고, 노영 씨의 아픔과 상처는 온전히 스스로 감당해야 할 몫이 되었다. 그날부터 매일같이 계속되는 악몽과 불현듯 떠오르는 기억에 폭식과 구토를 반복하며 지금이 낮인지 밤인지 구분하기조차 쉽지 않았던 노영 씨의 시간은 그대로 멈춰버렸다.

'지지직' 오래된 TV 소리만이 나지막이 울리는 월셋집에서 쉰 살이 된 노영 씨. 유난히도 추운 2020년 겨울의 시린 기운이 그대로 전해지는 낡은 집에서 그녀는 기초생활수급비 65만 원으로 생활하고 있었다. 거대한 체구로도 감출 수 없는 여린 마음이 그녀의 목소리로부터 전해져왔다.

"과거에 이 정도까지 몸이 되기 전에도 '저 여자 좀 봐, 진짜 뚱뚱하다' 이런 말을 수도 없이 들었어요…. 제가 피해를 준 것도 아닌데, 나를 왜 그렇게 쳐다보고 욕하는지 모르겠어요…. 지금은 나가고 싶어도 불가능하지만요."

우리가 네이버 해피빈에 올린 노영 씨의 사연에 5,084,900원이 모금되었고, 우리는 그 금액을 전액 전달하였다. 그런데 모금이 끝난 한참 후에 캠페인 영상이 유튜브 알고리즘에 포함되어 갑자기 10만 조회수를 넘겼다는 것이다. 그래서 나는 오랜만에 다시 노영 씨의 후원 영상이 올라간 유튜브 주소로 접속해 보았다. 무슨 댓글이 달렸는지 궁금했다. 보통 이런 영상은 많은 사람들이 응원해 주기 마련이다. 우리가 전달한 노영 씨의 사연을 보고 기부해 주신 분만해도 1,829명이나 되었다. 하지만 가장 최근에 올라온 댓글은 내가 기대하던 그런 것이 아니었다.

'박신정 | 우리 언니 보고 싶어요. 온뉘 거기서는 아프지 마시고 웃으면서 행복햇음 좋겟어요.'

노영 씨의 지인이었다. 그녀가 남긴 댓글을 보고 우리는 노영 씨가 더 이상 우리와 같은 하늘 아래 살고 있는 사람이 아니라는 사실을 알게 되었다. 노영 씨를 알게 된 지 4년째 되던 해였다.

7.

봉사의 이면

사람이 아닌 '사랑'을 위한 봉사

대부분의 학회나 모임, 동호회, 동아리들이 남초 현상을 보이지만 봉사동아리만큼은 심각하게 높은 여성 비율을 보인다. 리듬을 거쳐 간 10년 동안의 남녀 성비의 통계를 내보면 8.49:1에 이른다. 이는 리듬뿐만이 아니라 대부분의 봉사동아리가 겪는 일이다. 이러한 사정을 알고 있는 몇몇 남성들이 봉사에는 전혀 관심이 없음에도 불구하고 연애의 목적으로 봉사동아리를 가입하는 경우가 종종 있다. 그러한 목적으로 봉사동아리에 가입을 해도 되는 것일까? 그래도 좋다는 것이 나를 포함한 우리 리듬 운영진들의 내부적인 결론이었다. 왜냐하면 사심 없이 완전히 순수한 사람은 존재하기도 어려울뿐더러 봉사에 관심이 없던 사람이더라도 봉사 현장에 참여해서 소외계층을 만나고 그 참혹한 현실을 목격하게 되었을 때 잠재되어 있던 내면의 정의감이 싹트는 것을 여러 번 목격했기 때문이다.

생각보다 우리 사회에서 소외계층이 겪는 실상을 잘 체감하고 있지 못했던 사람들이 많다. 정치인들이 지하철 요금을 잘 모르듯이 상대적 서민층이라고 하더라도 폐지 가격을 잘 모르는 것처럼 말이다. 그도 그럴 것이 한국의 전체 인구 대비 기초생활수급자의 비율이 2022년 기준으로도 4.57%에 불과하며, 이는 절대적인 인원으로 생각하면 적지 않은 숫자이지만, 그들은 사회에서 격리된 형태로 살아가고 있기 때문에 보편적인 사람들이 일상에서 기초생활수급자를 마주칠 일은 없기 때문이다. 세계 인구의 1/4을 차지하고 있으며 한국에도 20만 명이 넘는 무슬림들이 거주하고 있지만 실제로 이슬람 신도들이 어떻게 생활하고 있는지 잘 모르는 것과 비슷하다.

장애인과 대화를 나눠본 것이 리듬의 프로그램을 통해서가 처음이라는 사람도 많았다. 의지만 있고 경험이 부족했던 사람들은 봉사활동에 참여하면서 이상적인 해결책이 아니라 현실적인 수단을 고민하기 시작했다. 의지도 없고 경험도 없던 사람들은 자신들이 그동안 세상을 바라보았던 관점들을 변화시켜나갔다. 그럼에도 불구하고 봉사동아리의 여초 현상에 불만을 가진 여성 봉사자들도 있었다. 기본적으로 동아리 활동이란 새로운 사람을 만나고 그러다 보면 마음에 맞는 사람들을 사귈 수도 있는 장소이다. 바쁜 현대인들은 따로 이성을 만날 기회가 없고 8대, 9대 스펙을 마련해야 하는 대학생들도 예외는 아니다.

봉사동아리의 여초 현상에 대한 여성 봉사자들의 반응은 보통 두 가지로 나뉘었다. 앞서 이야기한 성비의 균형을 원하는 사람들도 있었고, 그런 것 없이 담백하게 봉사에만 집중할 수 있기를 원하는 여성 봉사자들도 있었다. 이화여대 재학생들 사이에서는 같은 봉사동아리라 하더라도 이화여대지부와 대학연합지부 중 하나를 택해서 가입할 수 있었기 때문에 그러한 성향 차이가 보다 뚜렷하게 드러났다. 연합동아리에서는 남성 봉사자가 워낙 드물다 보니 남성 신입회원이 들어오면 선배들에게 많은 사랑을 받았다. 나도 남성 봉사자를 애타게 기다리는 사람 중에 한 명이었다. 아무래도 봉사를 하다 보면 촬영 장비 같은 무거운 물건을 날라야 하는 일이 있었는데 제대로 힘 좀 쓸 수 있는 사람이 필요했다.

"이 사람 좀 어떻게 해주세요!!"

어느 날 여성 봉사자로부터 거센 항의가 들어왔다. 글솜씨가 빼어난 이화여대지부의 고참 봉사자에게 전국 단위의 신입 봉사자 글쓰기 교육을 맡겼는데, 교육생 중의 한 명인 남성 신입 봉사자가 수업 이후로 시도 때도 없이 개인적인 메시지를 보낸다는 것이다. 화가 머리끝까지 난 고참 봉사자는 이런 식으로 운영되는 동아리라면 리듬을 탈퇴하겠다고까지 선언했다. 도대체 내용이 어떻길래 그러는지 보여달라고 했더니 문장의 횟수나 길이만 얼핏 보아도 이미 남자 쪽에서 스토킹 혐의로 고소당해도 할 말이 없어 보였다. 그리고 내용도 내용이었지만 연락이 온 시간대도 문제였다. 봉사자는 새벽 2시, 3시에도 일방적으로 메시지를 보내고 있었다. '도대체 어떻게 이런 봉사자가 들어왔지?'라고 생각하면서 그 남자 봉사자의 가입 경로를 살펴보니 우리 동아리를 잘 알고 있던 어느 대학의 지도교수 추천으로 가입한 학생이었다.

다음 날, 나는 학생의 지도교수에게 연락을 취해 동아리 운영상의 어려움에 대해서 조심스럽게 이야기를 꺼냈다. 알고 보니 그 봉사자는 학교에서도 상당히 속을 썩이고 있던 학생이었다. 교수는 봉사를 통해 사람 좀 되라고 우리 동아리를 추천했다고 했다. 교수는 내게 연신 사과하며 보상의 의미에서 개인적으로 30만 원을 기부하겠다고 했다. 나는 당연히 그 제안은 거부했지만, 교수의 태도에 무척이나 놀랐다. 학생을 상대로 부당한 권력을 행사하는 교수들의 이야기는 들어보았지만 반대로 교수가 학생 때문에 쩔쩔매는 경우는 처음 봤기 때문이었다. 그 남학생이야 말로 '슈퍼 을'이었다. 이 마음씨 따뜻한 교수가 학생에게 개인적으로 마음을 쓰지 않고 학사행정에만 집중했으면 그렇게 난처해질 일도 없었을 것이라는 생각이 들었다. 우리 사회 전반에서 각자 이런 경험들이 쌓여 세상이 점점 더 각박해지는 것인가 싶기도 했다.

시대를 읽지 못한 착오적 봉사

봉사동아리들이 진짜 문제가 되는 경우는 바로 소속 봉사자들의 안위를 위해 활동하는 봉사동아리가 되는 경우이다. 내부 구성원들을 위해 운영한다고 해도 그것만으로는 당장 큰 문제가 발생하지 않는다. 하지만 그러한 분위기에 더해 해당 봉사동아리의 아이템이 시대에 지나치게 뒤떨어졌거나 변화된 환경을 인지하지 못하고 관습적으로 밀어붙이면 문제가 된다.

먼저 농촌봉사활동이 대표적인 사례이다. 흔히 '농활'로 불리는 이 봉사활동은 60~70년대 한국이 아직 1차 산업 위주의 경제구조를 띄고 있었을 시절에 탄생한 것이다.

당시 인구의 많은 비율을 차지하던 농업인들은 산업화로 인한 급격한 경제구조 변화의 가장 큰 피해자가 되었다. 그래서 이들을 돕기 위해 대학생들이 자발적으로 나선 것이 '농활'의 시초이다. 하지만 2차 산업을 넘어 3차 서비스 산업, 더 나아가 4차 지식산업이 대세가 된 현재에 이르러서도 농활 문화는 여전히 대학가에 남아있었다. 그런데 막상 요즘 농촌에 가보면 대부분의 농사

일을 사람이 아닌 기계가 대신하고 있다. 그리고 무엇보다 1박 2일, 길어도 3박 4일을 넘지 못하는 짧은 일정으로 치러지는 농활에서 농부들이 대학생들로부터 일손을 제공받기보다는 오히려 농사일을 가르치는 데 더 많은 품이 들었다. 그래서 현재는 많은 농활 팀들이 실제 농사일에 참여하는 것이 아닌 참가비를 걷어 농부에게 지급하고, 목 좋은 곳에서 숙식과 술자리를 제공받는 것으로 변질되었다.

벽화그리기 봉사동아리도 본말이 전도된 대표적 사례이다. 2007년 한 미술봉사 단체가 도시미관을 개선하고, 쇠락해가던 마을을 관광지로 탈바꿈시킨 이야기로 전국적으로 유명해지면서 벽화그리기 봉사동아리가 전국 방방곡곡에 우후죽순으로 생겨났다. 그러다 보니 이제는 더 이상 벽화를 그릴 곳이 없어진 나머지 일반 주택가에서도 협의 없이 벽화그리기에 나서면서 동아리 회원들과 지역주민들 간의 분쟁이 발생하고 있다. 이런 일이 반복되자 참다못한 지역신문기자가 해당 내용을 보도하기도 하였다.

동피랑 벽화마을의 성공은 전국적인 벽화 열풍을 불렀다. 성공을 거둔 후발주자들도 꽤 된다. 부산 안창마을, 연간 10만이 넘는 관광객이 찾는 감천마을 등 제법 알려진 벽화마을만도 스무 곳이 넘으니 놀랄 일이다. 그러나 이제는 너무 과하다. 도시의 벽은 물론 한적한 시골에까지도 재능기부, 봉사활동의 이름으로 벽화가 그려지고 있다. 범죄를 예방한다고 벽화를 그리기도 하고, 쓰레기 불법 투기를 막는다며 벽화를 그리기도 한다. 마음은 갸륵하지만 상당수는 흉물로 방치되고 있으며 전국의 벽화가 비슷비슷한 것도 문제다. 요즘도 벽화그리기 봉사를 했다거나 마을 담장에 벽화를 조성한다는 보도자료를 심심찮게 보곤 한다. 남 따라 그리는 벽화는 이제 그만 그렸으면 좋겠다. 여기까지가 딱 좋다.

경남신문 김성호(통영거제고성 본부장·부장)

두 번째 해외 봉사 :
종교에 기반한 봉사 VS 탈법적인 봉사

필리핀 태풍피해 구호 활동 중에 발견한 코피노 아이의 얼굴이 잊히지 않았던 나는 고등교육혁신원에서 공모하는 혁신프로젝트 지원사업에 코피노 아이들을 위한 모금 활동을 하기로 기획안을 넣었다. 운이 좋게도 경쟁률이 낮았기에 우리의 프로젝트도 어렵지 않게 선정되었다.

필리핀을 방문하기에 앞서 우리는 사전 조사를 진행하였다. 코피노를 돕는 국내 비영리단체나 복지기관이 있는지를 살펴보고, 전화와 메일을 돌렸다. 언뜻 생각하기로는 꽤 많은 곳이 있을 것이라 생각했는데 예상보다 활성화되어있는 단체가 없었다. 구글과 네이버 카페, 다음과 페이스북을 샅샅이 뒤져도 단 두 개의 단체만이 코피노 지원사업을 실제 운영 중에 있었다. 한 곳은 개신교회 산하의 비영리단체였고, 하나는 배드파더스로 유명한 구본창 씨였다.

나는 한국에서 10명의 대학생을 봉사자로 선발하여 데려갈 수 있었다. 내가 해외 봉사를 직접 기획해야겠다고 생각하게 된 계기가 있다. 한국장학재단에서 지원하는 대학생 해외봉사단에 선발되어 다녀온 적이 있었는데 그때 크게 실망했었기 때문이다. 해외 봉사는 학생들 사이에서 매우 인기가 높다. 무료 혹은 저비용으로 해외 경험을 할 수 있으면서 이색적인 스펙도 쌓을 수 있기 때문이다. 나는 대학생들이 별 준비도 없이 해외에 나가 어떤 도움을 주고 올 수 있는지 궁금했다. 결론적으로 말하면 내가 참여했던 프로그램은 파견된 지역에 아무런 도움을 주지 못했고, 해외여행만 하다 왔다.

한국어가 쓸모없는 시골 마을에서 하루 동안 한국어 교육하고 오기, 먹을 것이 없는 아이들과 과자집 만들기 놀이하기, 동남아에서 버스킹하기. 그 모든 것이 끝나면 시내의 호텔에서 자유시간이 주어졌다. 나는 봉사단 인솔자에게 한국어를 교육하느니 차라리 영어를 가르치는 것이 아이들에게 더 도움이 되지 않겠냐고 질문했더니 돌아온 대답은 찌아찌아족 사례처럼 세계에 한국어의 위상을 드높이면 좋지 않겠냐는 것이었다. 그리고 이 봉사 예산은 정부에서 나온 것이라는 말을 덧붙였다. 예산을 따오기 위해 이리 뛰고 저리 뛰어야 하는 담당자로서의 고충을 이해할 수 없는 것은 아니나 아쉬운 점이 많았다. 마을 주민 중 한 사람은 대놓고 툴툴대었다.

"칫솔 세트 전달하려고 수십 명이 비행기를 타고 온 거면 차라리 그 돈을 우리한테 직접 주지 그래."

그들도 알고 있었다. 저개발 국가의 부족 사람들이라도 무슨 일이 일어나고 있는 건지 정확하게 이해하고 있었으며, 단순히 알고 있다는 수준을 넘어있었다. 이 마을은 한국인들에게 봉사 프로그램을 판매하는 것을 좋은 사업 아이템으로 생각하고 있었다. 이 일에 관해 부족장은 베테랑이었다. 하지만 봉사 프로그램을 진행하는 대가로 지급된 소정의 사례비는 대부분 부족장의 주머니로 들어갔고, 마을 사람들에게 돌아오는 몫은 거의 없다시피 하였다. 그러니 우리에게도 불만 섞인 목소리가 나올 수밖에 없었다.

마을 아이들 중에 얼굴이 유독 하얀 아이가 있었다. 아무리 봐도 여기가 아니라 푸르지오 아파트 놀이터에서 마주쳤어야 했을 것 같은 생김새였다. 이상하여 통역사에게 물어보았다.

"아, 저런 아이들, 우리나라에 많아요. 도시 가면 더 많아요. 한국인 혼혈 아이들."

나는 이 일을 계기로 코피노를 돕기 위한 일을 해야겠다고 다짐했었다. 그리고 몇 년이 지나서 그 생각을 구체적으로 실현할 기회를 얻을 수 있게 된 것이다. 목표는 10명의 왕복 항공료가 충분히 가치 있게 쓰였다고 자신 있게 말할 수 있는 해외 봉사활동을 하고 오는 것이었다. 나는 실제로 제대로 된 일을 할 사람들을 봉사자로 선발했다. 작가 2명, 영상 및 사진 촬영 3명, 영상 편집 3명, 디자인 2명이 최종 선발되었다. 그리고 최근 5년간의 코피노와 관련된 모든 기사를 검색해 보고 우리의 취지와 비슷한 기사를 작성한 기자들에게 이메일을 보냈다. 그중 경향신문의 이보라 기자로부터 답장을 받았다. 그렇게 나를 포함한 10명의 봉사자와 기자 한 명, 총 11명이 필리핀으로 출발했다.

필리핀에서 가장 먼저 만난 코피노 구호단체 책임자는 김혜란 선교사였다. 한국의 대형교회 소속으로 알고 있는데 맞냐고 여쭤보았더니 김혜란 선교사는 반은 맞고 반은 틀리다고 하였다. 본인이 먼저 코피노 아동 구호 활동을 시작하고, 이 활동을 지속하기 위해 수소문 끝에 찾은 한국의 후원자가 그 교회였다는 것이다. 사실 그 교회 말고도 여러 한국 NGO들의 필리핀 지부장을 맡고 있다고 했다. 내가 알아본 바에 의하면 코피노 후원사업을 하려면 김혜란 선교사를 통해서 하거나 구본창 대표를 통해서 하지 않으면 현실적으로 불가능했다. 그런데 그 두 사람의 스타일은 판이하게 달랐다.

김혜란 선교사는 필리핀 앙헬레스에 작은 학교를 세우고 코피노 아이들 한 명 한 명을 직접 돌보고 가르쳤다. 거쳐 간 아이들만 200명이 넘는다고 했다. 김혜란 선교사는 코피노 아이들의 엄마 역할도 하고, 교사 역할도 하고, 복지사 역할도 했다. 그리고 또한 코피노 엄마들의 엄마이자 교사이기도 했다. 코피노 엄마들은 어렸고 필리핀에서는 김혜란 선교사가 손주를 볼 나이였다. 어린 코피노 엄마들을 가르쳐 취직시키고 아빠가 없는 수많은 아이들을 대학에 보냈다. 코피노 아이들의 학비나 병원비가 부족할 때면 어떻게든 한국에 닿는 끈이란 끈은 다 연결하여 후원금을 마련해 주었다.

외모가 다르다는 이유로 놀림 받는 아이들이 엇나가지 않게끔 바로 잡아주고, 가끔은 한인들이 운영하는 식당에 데려가 삼겹살도 사 먹였다. 김혜란 선교사는 테레사 수녀나 이태석 신부를 떠올리면 바로 상상이 될 그런 교과서적인 성인의 삶을 살고 있었다. 그녀는 앙헬레스 교민 사회 내에서도 그 신망이 드높았다. 김혜란 선교사와 함께 다니면 어딜 가든 환영받았다. 나는 김혜란 선교사에게 어째서 이렇게 헌신적인 삶을 사시는지 여쭤보았다.

"다 하나님의 뜻이죠. 하나님의 사명을 받들어 그분의 손발이 되어 일하는 게 저한테는 고통이 아니라 기쁨입니다."

종교적인 이유로 이타적인 삶을 사는 것은 너무 전형적이서 그 의미가 퇴색될 수도 있고, '교인들은 천국에 가기 위한 보상을 기대하고 투자개념으로 선행을 하는 것이다'라고 말하는 사람들이 있지만, 이보람 회장의 말처럼 스펙 때문에 혹은 봉사활동 시간을 채우기 위해 시작한 봉사일지라도 봉사에 참여하는 사람들에게 항상 감사한 마음을 가져야 한다고 결론을 내렸는데 하물며 김혜란 선교사가 이룩한 실질적인 결과물들을 살펴보면 충분히 존경받아 마땅한 것이었다.

코피노 구호 활동에 있어서 중요한 또 다른 인물인 구본창 대표에 대해서 이야기를 꺼내자 김혜란 선교사의 안색이 어두워졌다. "그분에 대한 이야기를 저도 많이 들었습니다. 구본창 씨는 마닐라에서 폭력조직을 운영한다는 이야기도 들었어요. 또 아이들을 돈벌이에 쓴다고요. 가능하면 가까이하지 않으시는 게 좋으실 것 같습니다. 걱정되어서 드리는 말씀이에요."

내게 걱정되어서 해준다는 조언들 중에 진심이라고 느껴지는 것은 살면서 거의 없었지만 김혜란 선교사의 어조에는 진심으로 우리를 걱정하는 마음이 담겨있었다. 하지만 내가 직접 만난 구본창 대표의 모습은 그녀가 말한 것과 많이 달랐다. 김혜란 선교사처럼 구본창 대표도 한 편의 영화 같은 삶을 살고 있었다. 그러나 김혜란 선교사의 영화가 1991년 황금종려상을 받은 〈미션〉이나 이태석 신부의 〈울지마 톤즈〉라면, 구본창 대표의 영화 장르는 블록버스터 액션 스릴러라고 할 수 있다.

구본창 대표의 구호 방식은 훨씬 급진적이었다. 구본창 대표는 코피노 아이들이 힘든 근본적인 이유가 아이들을 버린 아빠들의 문제라고 보았다. 친부에게 책임을 묻지 않고 다른 사람들이 돕는 것은 일의 순서가 잘못되었다고 생각했다. 그가 택한 방법은 한국 인터넷에 무책임한 아빠들에 대한 신상 공개였다. 먼저 코피노 아빠들에게 이메일로 모은 자료들을 전달하고 정중하게 양육비 입금을 요청한다. 하지만 그들이 지정된 날짜까지 입금하지 않으면 그들의 실명, 사는 곳, 출신 학교, 직업, 특징, 그리고 사진까지 모두 '배드파더스'라는 웹사이트에 게재했다. 처음에는 웃어넘기는 아빠들도 있지만 실제로 공개되고 나면 검색엔진에 노출되기 때문에 제발 내려달라고 사정하게 되었다. 하지만 구본창 대표는 양육비가 통장에 찍히기 전까지는 절대 내려주지 않았다. 그러다 보니 그는 3년 새 28번의 명예훼손 고소를 당하고 4번의 암살시도를 겪었다. 보통 양육비는 월 100만 원 이상을 요구하니 코피노 아빠들 입장에서 본다면 거슬리는 구본창 대표를 암살하는 것이 훨씬 싸게 먹히기도 했다. 필리핀의 치안 상황은 그리 좋지 못하여 필리핀 갱들에게 100만 원만 쥐어 주면 살인 청부가 가능했다.

몇 번의 암살시도를 겪고 나서도 구 대표는 조금도 꺾이지 않았다. 오히려 그 사건 이후 사설 경호팀을 만들고 이들을 각종 총기와 방탄복 등의 전투 장비로 무장시켜 강하게 대응했다. 그리고 본인도 각종 무술과 총기를 다루는 법을 익혔다. 이후 그의 사설 부대는 필리핀 갱들에게 납치된 한국인을 구출하거나 이슬람 반군이 장악한 지역에서 필리핀 내전에 휘말린 한국인을 구출하는 등의 역할도 맡게 되었다. 한국 정부가 다른 주권국가 영토 안에 직접 무력을 행사할 수는 없으니 구 대표의 사설 부대는 유용했다. 필리핀 군 당국과도 민간 부대의 운용에 있어 어느 정도 합의를 본 상태였다. 그러니 구 대표는 필리핀 현지인들의 눈에 한국인 갱 두목이나 반군의 우두머리로 보이는 게 당연했다. 하지만 구본창 대표가 도운 코피노 아이들 숫자는 김혜란 선교사의 절반도 안 되는 기간에 두 배가 넘는 500여 명이었고 액수는 열 배가 넘었다.

"구 대표님, 어쩌다가 필리핀 마닐라에서 코피노 아이들을 돕게 되신 거예요?"

"한국에서 학원을 차려 돈을 많이 벌었어요. 그래서 조기 은퇴를 했습니다. 몇 년 전 마닐라에서 은퇴이민을 생각하고 와이프랑 알아보고 다니는 와중에 시내에서 세 명의 코피노 아이들을 만났어요. 그 아이들이 밥을 사달라기에 근처 맥도날드로 데려갔습니다. 그런데 그 아이들이 앉은 자리에서 햄버거 세트를 10개도 넘게 시켜서 먹는 거예요. 저는 그 조그만 세 명의 아이들이 그렇게 많이 먹을 수 있다는 사실에 놀랐습니다. 하지만 더 놀란 것은 그다음이었어요. 이제 집으로 가겠다는 아이들을 제 차에 태워 이동하던 와중에 한 아이가 갑자기 차를 세워달라고 하더군요. 차가 서자마자 그 아이는 문을 박차고 뛰어나가 먹은 것을 토하기 시작했어요. 이어서 다른 아이들도 차에서 뛰쳐나갔고요. 세 명의 아이들은 각자 도로변 나무 기둥 하나씩을 붙잡고 쉴새 없이 구역질을 했어요."

이야기를 마친 구본창 대표의 눈에 눈물이 맺혔다. 구 대표는 잠시 숨을 고른 다음 민망한 듯 다시 내게 웃음을 지어 보였다.

아동의 생존권을 위해 아빠를 죽이다

우리는 구본창 대표와 김혜란 선교사로부터 형편이 어려운 코피노 가정을 소개받아 방문했다. 코피노 가정은 그 특성상 외벌이라 하나같이 집안 사정들이 좋지 않았다. 코피노 엄마인 웰리바이브 씨는 우리나라 소스로 치면 간장 격인 피시 소스 하나 받는 것이 소원이라고 내게 말했다. 피시 소스만 있으면 밥에 비벼 먹을 수 있어서 버틸 만한데 지금 그 소스가 바닥을 보이고 있는 것이 제일 큰 걱정이라고 했다. 피시 소스는 한국 돈으로 1,000원 정도 되었는데 그 돈도 없다는 이야기였다. 그녀의 수입은 매달 500페소, 한국 돈으로 1만 1,570원 정도였다. 그녀와 코피노 아들은 남의 집 창고로 쓰였던 공간에서 사는데 그마저도 얼마나 비좁은지 성인 4명이 앉기도 힘들었다.

개인적으로 가정 방문에서 본 가장 끔찍했던 장면은 하수구에서 노는 아이들이었다. 대도시 마닐라의 각종 오·폐수가 사람 키만 한 배관에서 끊임없이 흘러나오고 있는데 그것도 물이라고 아이들은 들어가서 첨벙거렸다. 코피노 아이뿐만이 아니라 그 지역 아이들의 생활은 다 그러했다. 나도 실수로 그 물에 발을 담구었는데 숙소에 돌아오자마자 발진이 시작되더니 1주가 지나자 오른쪽 발 전체를 덮었다. 한국에 돌아와서 친한 친구들에게 이 이야기를 했더니 모두들 내가 코피노 아이들의 열악함을 너무 과장하는 거 아니냐고 몰아세웠다. 하지만 나는 아직 낫지 않은 내 오른쪽 발을 보여주고 사실관계를 인정하는 쪽으로 분위기를 전환시킬 수 있었다.

필리핀 빈민가 중에서도 손꼽히는 빈민가인 나보타스는 수상마을이었다. 시내에 집을 구할 수 없는 가난한 사람들이 아무도 땅의 소유권을 주장하지 않는 강가나 해변에 기둥을 세우고 그 위에 나무판자를 올려 살았다. TV에 나오는 몰디브의 낭만적인 수상가옥과는 전혀 딴판이었다. 밀물이 들어찰 때면 나무판자로 지어진 움막들은 금방이라도 부서질 듯이 삐걱거렸고, 바닥에 구멍 뚫린 판자 사이로 언뜻언뜻 비치는 검은 물길과 소리는 스산한 분위기를 자아냈다. 통역사는 종종 어린이가 그 사이로 빠져 죽는 사고도 일어난다고 말해 주었다. 우리의 통역사 킴은 구본창 대표가 소개해준 사람이었는데 그녀도 코피노였다. 22살의 여성으로 3개국의 언어를 구사하는 능력자인데다가 매사에 긍정적이고 일 처리도 똑 부러졌다. 오합지졸 청년 봉사단에 대통령 순방 통역사를 붙여준 격이었다.

치안이 열악한 거리를 통과해야만 했을 때도 작은 체구인 킴은 늘 무리에 앞장서서 당당하게 걸었다. 쉴 때나 차에서 이동할 때면 봉사자들과 한국 가요를 같이 흥얼거리거나 한국 드라마, 연예인 이야기를 했다. 그럴 때는 또 한국의 평범한 대학생 같았다. 킴은 단순 통역 아르바이트 이상으로 열심히 참여해 주었다. 마트부터 식당, 툭툭이[5]부터 촬영 허가까지 우리 팀 전체가 킴에게 의존하였다. 때로는 이 팀의 리더가 그녀인 것처럼 느껴졌다. 그에 걸맞은 보상을 해줄 형편도 못 된다는 것이 안타까웠다. 일정을 마칠 때쯤에는 킴도 우리 봉사단의 일원이 되었다. 우리 팀 전원과 페이스북, 카카오톡 친구를 맺고 인스타그램의 맞팔로워가 되었다.

킴은 내가 가진 궁금증도 해소시켜 주었다. 나는 킴과 함께 다니면서 구본창 대표와 배드파더스에 대한 좋지 않은 소문들이 오해에서 비롯되었다는 것을 확신하게 되었다. 킴이 자신을 버린 친부의 나라에 대한 원망에 잠식되지 않을 수 있었던 것은 구본창 대표와 배드파더스가 있었기 때문이다.

8살의 코피노 꼬마 마르틴은 킴과는 다른 의미에서 한국이라는 나라를 좋게 보고 있었다. 마르틴은 한국이 좋은 이유로 두 가지를 꼽았는데 하나는 필리핀 친구들보다 코피노 친구들이 더 착하기 때문이라고 했다. 한국인의 피가 섞인 아이들이 더 착해서 한국이 좋다는 건데 이는 너무 단순한 생각이라서 귀엽기도 했지만, 한편으로는 외모가 달라서 순혈들에게 괴롭힘을 당하고 있구나 하는 걱정이 일었다. 마르틴이 한국을 좋아하는 두 번째 이유는 영락없이 어린아이들만이 할 수 있는 생각이었다.

"저는 눈을 좋아해요. 유튜브에서 한국을 검색해 봤는데요, 거기에 예쁜 하얀 눈이 내리고 있었어요."

---

5) 툭툭이 : 영업용 삼륜 오토바이

필리핀은 눈이 오지 않는 나라이기 때문에 많은 필리핀 아이들이 영화나 드라마에서 나오는 눈을 보면 굉장히 신기해한다고 한다. 재미있는 대답이었지만 이내 마르틴이 유튜브에서 왜 한국이라는 단어를 검색해 보았을까 하는 생각에 이르자 약간 슬퍼졌다.

코로나 이전 필리핀을 방문하는 관광객은 한 해 160만 명에 이르고, 추산되는 코피노 아이들은 4만 명이나 된다. 상식적으로는 코피노 아빠들의 대부분이 성매매 관광객일 것이라고 생각했지만 현지 사람들의 의견은 달랐다. 지금 가장 큰 문제로 떠오르고 있는 것은 한국의 10대 청소년 아빠들이라고 했다. 그게 무슨 소리인가 하니 세부나 마닐라 등지에 우후죽순 들어서고 있는 어학원들 때문이라는 것이다. 필리핀은 영어를 공용어로 쓰는 국가 중에 체류비와 항공료가 가장 저렴한 나라이기 때문에 한국 중고등학생들의 어학연수지로 최근 각광을 받는 중이었다. 필리핀 기숙사형 어학원들은 두 달간의 강의와 숙식을 한 번에 해결해 주기에 부모님들이 크게 신경 쓸 것 없이 방학 중에 자녀들만 편하게 맡겨놓을 수 있는 시스템을 갖추어 놓았다. 그런데 문제는 주말 자유 시간에 부모님의 감시로부터 완전히 벗어난 학생들이 필리핀 현지 소녀들과 동거를 하다시피 한다는 것이다. 필리핀 남자와는 상대적으로 뽀얀 피부와 큰 키, K-POP의 세계적 열풍에 힘입어 한국 남학생들은 필리핀 여학생들에게 인기가 높다고 했다. 그렇게 두 달간의 굵고 짧은 연애를 마친 남학생들은 미련 없이 다시 한국으로 귀국한다.

코피노 엄마들은 김혜란 선교사의 방식보다는 구본창 대표의 방식, 즉 신상 공개 협박을 통해 양육비를 강제로 받아내는 방식을 훨씬 선호했다. 돈을 잘 받아낸다는 소문을 듣고 수백 명의 코피노 엄마들이 구본창 대표를 찾고 있었다. 하지만 중고등학생들의 신상을 온라인에 공개할 수는 없었기에 어학원생 아빠와 같은 경우에는 구본창 대표의 해결책이 통하지 않았다. 이 외에도 구본창 대표의 방식에는 다른 문제가 더 있었다.

"이 코피노 아이 이름이 '막해'예요. 왜 그런지 아세요? 애 엄마가 아빠한테 한국으로 떠나기 전에 애 이름만이라도 정해달라고 부탁했더니 아빠가 그렇게 종이에 써줬대요. '막해'라고…."

웰리바이브 씨 아이의 아빠는 남 씨였다. 그녀가 캡쳐해 둔 남 씨의 SNS 사진을 보니 그가 한국에서 유명한 프랜차이즈 빵집을 운영하고 있는 사장이라는 사실을 알 수 있었다. 그것을 보고 나는 남 씨라는 사람이 더 궁금해졌으나, 지금은 SNS를 탈퇴했다고 했다. 웰리바이브 씨가 남 씨의 SNS에 댓글을 남겼더니 바로 차단을 당했고, 얼마 후에는 남 씨의 SNS 계정도 사라졌다는 것이다. 나는 구글 이미지 검색 등을 활용해서 개인적으로 남 씨를 더 추적해 볼까 하다가 이내 포기했다. 남 씨와 같이 필리핀에서 자신이 했던 일들이 한국에 알려지면 곤란해지는 사람들이 많다. 코피노 양육비 지급 전화를 받고 고민하다 자살했다던 대한민국 국적 항공사 기장도 있었다. 코피노 봉사단체들 사이에서는 쇼트트랙 김동성 선수만큼이나 유명한 사건인데, 그 또한 양육비를 부담하기에 충분한 수입이 있었지만, 매달 일정한 금액의 돈이 월급통장에서 빠져나간다면 사실을 감추기가 쉽지 않을 것이라 생각했을 것이다. 그는 자신의 비밀을 알게 된 부인과 아들딸, 그리고 직장 동료들의 반응이 두려웠을 것이다.

만약 나의 행동이 한 가장을 죽음으로 내몰게 된다면 그것은 과연 봉사일까? 아니면 대한민국의 사회윤리를 강화하고 코피노 아동들이 좀 더 보호받을 수 있다면 감수해야 될 차선책이자 필요악일까? 이런 질문은 필리핀 체류 기간 내내 내 머릿속에서 떠나질 않았다. 하지만 그 질문들에 대한 대답은 의외로 생각지도 못한 곳에서 얻을 수 있었다. 바로 법정에서였다.

구본창 대표는 코피노 아빠들의 인터넷 신상공개에 따른 명예훼손으로 재판을 받고 있었는데 내가 귀국한지 얼마 되지 않아 1심이 선고된 것이다. 결과는 무죄로 구본창 대표의 승리였다. 이는 전술적 승리이기도 했다. 법리상으로는 패할 확률이 높았는데 국민 참여 재판을 신청해 재판을 공개적으로 진행하니 여론의 압력을 재판부가 이기지 못한 것이다. 하지만 몇 개월 뒤 일반 재판으로 전환된 2심에서는 역시나 유죄가 나왔다.

우리는 한국에서 약 2,000만 원의 후원금을 마련하여 방문했던 코피노 가정에 전달하였다. 그리고 우리와 동행했던 경향신문의 이보라 기자도 코피노 문제를 3주에 걸친 특집기사로 보도해주었다. 그리고 얼마 후 법무부에서 비자 없는 코피노 아이들이 한국에 방문할 수 있도록 하는 방향으로 지침을 개정하겠다는 소식이 전해졌다. 구본창 대표는 법정 싸움을 계속 이어나가고 있고, 기숙형 어학원의 인기도 여전하지만 적어도 마틴은 자신이 그토록 원하던 눈을 이번 겨울에는 어쩌면 볼 수도 있겠다는 생각이 들었다.

사회적 약자의 두 얼굴

앞서 살펴보았듯이 사회의 지도층이 더 청렴결백해야 하나 그렇지 못한 것이 우리의 현실이다. 오히려 무한경쟁 사회의 승자로 자리매김하는 과정에서 양심과의 타협을 경험해 보았을 가능성이 더 높다. 승자가 악행을 저지르는 일은 더욱 받아들이기 힘들지만 그렇다고 약자들이 더 윤리적인 것도 아니다.

전국자원봉사센터협의회 초대회장을 역임했던 서성윤 희망고리 대표는 내게 100만 원을 선뜻 건네면서 이 돈을 꼭 단체 상근인력들 밥값으로 쓰라고 신신당부를 했다. 나는 말씀이라도 정말 감사하다고 하면서 '세액 공제를 위한 기부금 영수증이라도 떼어드릴까요?'라고 물어보았더니 서 대표는 용도를 편하게 쓰라며 그것마저도 거부했다.

서 대표는 전국에 하나밖에 없는 아주 특별한 휴대폰 가게를 운영하고 있다. 그것은 보육원, 그룹홈, 가정위탁 아이들을 위한 휴대폰 전문매장이었다. 미성년자는 친권자의 동의를 받아야 휴대폰을 개통할 수 있는데 연락 두절 등으로 부모의 협조를 구하기가 어려운 경우가 많고, 심지어 부모가 자녀들 명의로 휴대폰 깡을 해서 신용불량자가 되어있는 경우도 심심찮게 찾아볼 수 있었다. 미성년자라고 해도 휴대폰은 필수인 시대이다. 학교 수업에도 사용하고, 실종시 위치 추적 등 아이들의 안전을 위해서라도 휴대폰이 꼭 필요하다. 그래서 서성윤 대표가 자신의 신용을 담보로 통신사로부터 보증을 받아 아이들 명의의 휴대폰을 개통해 주고 있는 것이다.

그런데 휴대폰을 받은 아이들은 아이폰 프로로 달라고 떼를 쓴다. 불과 일주일 전까지만 하더라도 그저 어떤 휴대폰이든 손에 쥐어 보았으면 하던 아이들이었다.

아이의 반복된 요구에 마음이 약해진 바람에 사비를 들여 아이폰을 사준 어느 그룹홈 선생님의 결말은 비참했다. 아이폰을 받은 아이가 자신을 2년이나 키워준 선생님을 아동학대로 관계기관에 신고한 것이다. 아동학대 범죄의 처벌 등에 관한 특례법에 따라 즉시 아이는 다른 그룹홈으로 분리 조치 되었고 선생님은 직무 정지되었다.

아이폰을 갖게 된 아이가 휴대폰 중독 증세를 보이자 선생님은 걱정이 되어 이용시간에 제약을 두었는데 다음날 아이가 '아동학대'로 신고를 한 것이다. 지역사회에서 존경받던 선생님은 모든 것을 잃었지만 아이는 아무래도 좋았다. 밤새 휴대폰을 할 수 있다면 어떤 증언이라도 할 준비가 되어있었다.

황경철 씨는 8년 전 뇌출혈로 식물인간이 된 아내를 돌보고 있었다. 수입 없이 오랫동안 간병을 하는 바람에 모아둔 돈도 다 떨어져 막다른 골목에 이른 그는 우리에게 도움을 청했다. 아내를 오랫동안 돌봐온 정성이 사람들의 마음을 움직였는지 870만 원이나 모금이 되었다. 하지만 거기까지 이르는 과정은 험난했다. 황 씨는 우리의 방문 일정을 두 번이나 바꾸었다. 그것도 당일 약속 시간 직전에 연락이 왔다. 늦잠을 즐길 수 있는 기회를 반납하고 주말 아침부터 버스터미널에 모인 봉사자들에게 나는 황 씨 대신 일일이 사과를 했다. 나는 황 씨에게 전화를 걸어 한 번만 더 마음대로 바꾸면 진행하지 않을 거라고 으름장을 놓은 뒤에야 겨우 진행할 수 있었다. 내가 황 씨를 최대한 이해해 보려고 했던 이유는 종종 구호대상자들이 이기적으로 행동을 해도 악의로 그러는 것이 아니라 병세로 인해 인지 능력이 떨어져서 어쩔 수 없었던 경우가 많았기 때문이었다. 나는 내가 그의 사정을 잘 알지도 못하고 단죄해서 나중에 후회를 남기고 싶지는 않았다. 그런데 막상 황 씨를 만나보니 굉장히 약고 빠릿빠릿한 사람이었다. 정부에서 무상으로 지원하는 장애인 활동 보조사에게 감사해하기는커녕 일을 그것밖에 못하냐며 따라다니며 시어머니처럼 타박을 했다. 아픈 아내를 돌보는 것은 사실이었지만 그것이 그의 공감 능력을 강화시켜주지는 못한 듯이 보였다.

"야, 이 새끼야, 니가 내 돈 다 처먹었지?"

모금이 끝난 다음 날 황 씨로부터 10건이 넘는 부재중 전화가 와있어 통화를 했더니 다짜고짜 욕을 내뱉었다. 이유인즉슨 네이버에서 보니 모금이 완료되었는데 왜 통장에 돈이 안 들어와 있냐는 것이었다. 네이버 해피빈에 모인 기부금은 실시간으로 표시되지만, 입금은 모금이 완료된 다음 달 10일경에 전국의 모금함을 한꺼번에 처리한 뒤 진행된다. 게다가 우리는 애초에 우리 계좌를 네이버에 등록해놓지도 않았다. 기부금이 들어와도 오직 그만 알 수 있을 뿐 나는 확인할 방법도 없었다. 설명을 해도 황 씨는 들을 생각이 없었다. 한 시간 동안 똑같은 내용으로 욕을 하는 황 씨를 달래도 보고 같이 화도 내보고 했지만 소용이 없었다. 더 이상 기운이 없어 전화를 스피커폰으로 바꿔놓고 침대에 누웠더니 눈물이 고였다. 내가 한동안 아무 대답이 없자 황 씨는 복지부와 경찰에 신고하겠다면서 고래고래 소리를 지르고는 끊었다.

그런 뒤 30분쯤 흘렀을까 모르는 번호로 전화가 왔다. 황 씨가 사는 동 주민센터였다.

"이진혁 선생님 맞으시죠? 선생님이 아무 잘못 없으신 건 아는데 그래도 민원이 있으면 확인을 해보긴 해야 해서 전화드려 봤어요. 이해하시죠?"

"네, 충분히 이해해요."

최근 내가 살고 있는 서울시 금천구에서 개인적으로 아시는 분을 통해 구호 요청이 들어왔다. 독산동 반지하에서 혼자 사시는 할아버지 한 분이 보일러가 고장 나 겨우내 얼어 죽을 뻔하셨다는 것이다. 봉사활동을 정리하고 차근차근 내 미래를 준비하고 있을 때였다. 2010년대를 함께 했던 봉사자들도 각자의 길을 걷고 있었다. 어진이는 가평에 작업실을 차렸고, 이규는 공부하러 포천으로, 용헌이는 고향인 부산으로, 재홍이는 어머니를 따라 미국으로 떠났다. 어진이에게 전화해 내가 가평으로 갈 테니 한번 만나자고 했더니 유튜브 편집이 밀려있어서 다음에 시간이 날 때 연락주겠노라고 한다. 곽은진, 이충희, 양지혜, 이정민, 박성민, 김재호, 정윤석, 황세웅, 권가영, 권세현, 박수빈, 고연수, 견희수 등 오랫동안 시간을 함께 했던 봉사자들도 이제는 아스라한 추억으로만 남았다.

이번에 새로 들어온 봉사는 진행헤야 할까? 황 씨 얼굴이 떠올랐지만, 감사 인사 대신 종이학 1,000마리를 접어서 보내주었던 태현 씨 생각도 났다. 봉사를 한다면 이제 누구랑 가야 할까? 혼자서는 해낼 수 없는 일이었다. 내가 사는 금천구 사람들에게 무작정 전화를 돌렸다. 그중 일부는 명함만 주고받거나 한두 번밖에 만나 보지 못했던 사람도 있었다. 그럼에도 불구하고 그들 중 대부분의 사람들이 돕겠다고 나섰다.

법률사무소에서 근무를 하는 김나영 씨는 재능을 살려 사연 글을 써주기로 하였다. 아이 둘을 키우고 있는 주부 박희정 씨는 손재주가 좋아 색연필로 사연의 한 장면을 담은 포스터를 그려주었다. 이제 아이가 갓 돌을 넘긴 새댁 엄샛별 씨는 대학에서 사진을 전공했으며 전문적인 사진 촬영 장비를 보유하고 있었다. 급조된 우리 동네 사람들이 추진한 모금 캠페인은 성공적으로 끝나 목표했던 천만 원을 모을 수 있었다. 그 돈으로 할아버지는 보증금을 마련해서 완벽히 작동되는 보일러가 설치되어있는 새로운 집으로 이사를 갔다. 우리 동네 사람들은 또 봉사를 하자고 한다. 참 오랜만에 느껴보는 감각이었다.

에필로그

이별

어느 날 어머니한테 다급한 목소리로 전화가 왔다.

"혁아, 지금 빨리 구로병원 201호."

어머니보다 내가 먼저 도착해있었다. 아버지 손을 만져보니 아직 따뜻했다. 아버지는 3년 전부터 예후가 좋지 않다던 하인두암 투병 중이었다. 하인두암은 후두 안쪽 깊숙한 곳에 생긴 악성 종양으로 아버지의 경우는 발견도 늦었지만, 워낙 생긴 자리가 안 좋아 수술 중에 식도를 들어낼 수밖에 없었다. 그렇다 쳐도 식도가 없으면 몇 년 전에 만났던 경희처럼 호스를 통해 음식을 섭취해야 했기에 병원에서는 최신 수술 기법을 제안했다. 대장의 일부를 절단하고 잘라낸 대장 부위를 목에 이식하여 식도를 대신해서 사용하자는 것이었다. 아버지는 실험실 쥐 취급을 받는 것은 싫다며 한사코 반대했지만 목에 뚫린 커다란 구멍을 한동안 바라보고는 결국에는 수술을 받아들였다. 그런데 10시간에 걸친 대수술 끝에 목에 이식된 대장 부위는 기능하지 않았다.

돌아가신 아버지의 모습을 보니 엄청 슬플 줄 알았는데 오히려 마음이 편안했다. 아버지의 표정이 그 어느 때보다 평온해 보였기 때문이다.

'고생 많으셨어요.'

같이 살아본 기억이 가물가물할 정도로 내게는 생경한 아버지였지만 말기 암 선고 소식을 듣고는 거동을 못 하시는 아버지와 어깨동무를 하고 어색하게 병원 계단을 오르는 나날들이 이어졌다. 병원에 가기 위해서는 먼저 신림동 집에서부터 차를 이용해야만 했다.

"아이씨. 아이씨."

아버지를 차에 태우는 순간부터 병원에서 차례를 기다릴 때까지 아버지는 끊임없이 짜증을 내었다. 병원에 도착해서는 휠체어로 옮겨드려야 했는데 도통 협조를 하지 않으니 2~3배는 더 힘이 들었다. 짜증을 내는 이유는 다양했다. 이동 중에 휠체어가 턱에 걸려 덜컹거리면 짜증을 내었고, 진료 대기가 길어 우리 순번이 보이지 않으면 화를 내었다. 간호사가 채워준 혈압계를 바닥에 내동댕이치기도 했다. 화를 내는 대상은 평등했다. 간호사에게도, 다른 환자에게도, 나에게도, 심지어 의사에게까지 화를 내었다. 처음부터 의사에게 화낸 것은 아니었다. 하지만 수술하면 나을 수 있다던 암이 수술 후 오히려 악화됐고, 고통스러운 식도 재건 수술과 항암치료를 견디고도 다른 장기로 전이가 되었다는 사실을 통보받았으니 돌팔이라고 생각할 만했다. 하지만 여기는 대한민국에서 최고로 잘한다는 삼성서울병원이었다.

"아악!"

아버지가 예고도 없이 갑자기 휠체어 브레이크를 걸어 휠체어 손잡이에 내 명치가 제대로 찍혔다. 나도 더 이상 참을 수가 없었다. 아버지 휠체어에서 손을 떼고 미끄러지는 대로 놔두었다.

오래전 아버지와 나의 관계가 최악으로 치달아 있었을 때, 극적인 화해를 가져다준 아버지의 편지가 있었다. 내가 1억 원이나 되는 당대 최대 규모의 상금이 걸린 공모전의 최종 후보에 올라갔다는 소식을 아버지가 들은 후였다.

당시 이 편지를 계기로 아버지가 이제 나를 이해해 주기 시작했다고 생각했다. 하지만 기대가 크면 실망도 큰 법이었는지, 아니면 사람은 안 바뀐다는 속설이 진리였는지, 둘 중 어느 것이 아버지와 나 사이의 진실에 가까웠는지는 몰라도, 그 이후로도 우리는 금세 다시 소원해지곤 했다.

'너네 아버지 원래 그런 분이신 거 알잖니.'

아버지는 경상도 사람이었다. 며칠을 고심해서 생일선물을 사왔어도 집에 들어와서 방바닥에 선물을 던지며 '퇴근길에 보이길래 하나 집어왔다.' 정도로 표현하는 게 아버지의 방식이었다. 나는 경상도식이라는 게 아버지에게 일방적으로 유리한 방식이라고 생각했다. 어머니처럼 내가 그 경상도 프레임만 받아들이면 뭐든 짧게 말하고, 내킬 때만 대답하고, 감정 표현에 노력을 거의 기울이지 않아도 무조건 긍정적으로 이해받을 수 있었다. 물론 그 속에 어머니 말대로 일부 진짜가 있을 수 있었다. 하지만 그 진짜를 발굴해서 아버지로부터 사랑을 받아내는 것도 온전히 내 스스로의 몫이었다. 그런 아버지와는 아직 풀지 못한 숙제가 있었다. 그런데 이렇게 돌아가신 것이다.

내가 아버지 곁에 도착한 지 10분 정도 지나서 어머니가 도착하였다.

"어머니, 아버지가 평화로워 보여요."

"그래, 이제야 네 아버지가 그 많던 삶의 고통으로부터 벗어나셨나 보다."

어머니는 영혼이 빠져나간 아버지의 손을 꼭 잡았다.

이제 봉사를 시작한 지 14년이 넘었지만 아직도 어머니는 내가 봉사를 하는 것을 썩 달가워하지 않는다. 그도 그럴 것이 내가 하는 봉사의 주된 내용이 수술비를 마련하는 것인데 아버지가 겪은 수차례의 지독한 수술 과정을 지켜본 어머니는 수술이 삶의 고통만 가중시키는 것이라고 확신하게 되었기 때문이다. 어머니는 아버지의 죽음을 떠올릴 때마다 당신이 중병에 걸리게 되더라도 절대 수술대에 눕히지 말아달라고 당부한다. 나는 그래도 차마 그런 선택을 하지 못할 것 같다. 이런 것이 내가 어머니의 기대에 반하는 방식이었다. 유언과도 같은 유일한 호소마저도 이행하지 못하는 것이 과연 자식된 도리일까 하는 생각이 들었다. 어머니는 서운한 감정을 내게 잘 표현하지 않았다. 어머니와 대화에 집중하지 못하고 핸드폰을 쳐다보고 있으면 '아들을 세상에 양보

했다.'라고 농담조로 핀잔을 주곤 하는 게 전부였다. 아마도 내가 이미 짊어진 삶의 복잡성에 고민거리를 하나 더해주어서는 안 된다고 느꼈기 때문일 것이다. 사실 어머니의 모든 생각을 내가 다 읽는다 하더라도 큰 도움이 되어줄 수도 없었다.

난 내가 아프게 되면 수술을 받고 싶다. 3월 전남대 도서관 앞에서 피는 홍매화 나무와 여름에만 맛볼 수 있는 신촌의 수박빙수집, 그리고 가을밤의 여의도 불꽃축제 이런 것들을 한 번이라도 더 즐길 수 있기를 바란다. 생각해 보면 다른 사람들도 그럴 것이란 막연한 생각을 가지고 구호활동을 해왔던 것 같다.

막 첫째를 출산한 30년 지기 친구의 말이 떠오른다.

"착한 아이로 키우면 살아남지 못할 거 같고, 살아남게 하려면 나쁜 사람이 될 것 같아." 아마도 그 친구는 이미 마음의 선택을 해놓고 봉사 활동에 빠져있는 나한테 변명거리를 미리 만들어놓기 위해 그런 말을 던졌을지도 모른다. 하지만 나는 그 마음이 강력한 이타심에서 비롯되어 있다는 것을 안다. 나는 친구가 포대기에 안고 있다가 슬쩍 보여준 아기의 눈망울과 마주치자 만감이 교차하며 눈물이 났다. 사연이 있어 또래보다 조금 일찍 결혼한 친구의 형편은 그리 좋은 편은 아니었다. 산후조리원도 친구의 아내가 먼저 쓸데없는 것이라며 애초에 이야기도 꺼내지 못하게 했다고 한다. 그 순간 포대기에서 아기 울음소리가 들려왔다.

'그래 아이야, 너는 이기적으로 살아도 돼, 문제가 생겨도 우리들이 해결해 줄테니까.'

열심히 콘테스트에 임하는 우리 赫赫이에게 아빠가 무한한 응원과 격려의 마음을 전하기 위해 편지 형식을 빌어 이글을 쓴다.

사실 요지음 아빠의 출근길이 너의 모교인 상문고를 경유하는 관계로 출근할 때마다 문득문득 학업을 뒷바라지 하지 못한 것에 안타까워 하던 차에 네가 최종후보에 선정되었다는 소식을 듣고 야간 당직날 네가 만든 UCC를 보고 또 보았다.

그 짧은 영상을 통해 지나간 날들을 파노라마 처럼 떠올리다 보니 어느새 목이 메어오더구나

예민한 청소년기에 무료급식까지 신청하게 만든 나의 무능함과 무책임함에 새삼 몸서리 쳐짐을 느꼈다.

인생을 사회적 지위 쟁탈전으로 알고 살아온 어느날 문득 랭킹전에서 밀려나 링 밖에 서 있는 나자신을 발견하고 자괴감에 휩싸여 메아리 없는 분노만 표출할 뿐 링 바깥 세상이 훨씬 더 넓고 다양한 세상임에도 이런 세상에서 살아가는 법을 몰랐단다

그런데 네 블로그를 찬찬히 들여다 보니 우리 赫赫이가 어느새 아픈기억을 뒤로 하고 홀로 당당하게 열심히 살아 왔구나 하는 것을 확인하고 자랑스럽고 대견한 마음에 다시금 목이 메었다.

더욱이나 소위 말하는 경쟁력 강화 에만 몰두하던 나의 젊은 날에 비하면 소외된 이웃과 더불어 함께 살아가는 사회적 성찰력을 지닌 우리 赫赫이의 삶의 자세는 아빠로 하여금 많은 것을 깨닫게 한단다

나이가 들어가면서 미래에 대한 생각은 줄어들고 과거에 대한 생각만 점점 늘어나는 데다 생계유지에 급급한 현실을 핑계로 잊고 미루어 왔던 아빠의 꿈도 우리 赫赫이를 보면서 다시 꺼내어 볼 용기를 갖게 되었다

올 한해에는 안정적인 생계유지를 위해 필요한 자격증을 더 취득하는데 매진하고 내년에는 아빠도 꿈을 꾸고 이루어 가기 위한 대장정에 돌입하련다.

赫赫아 우리 다 함께 미래의 꿈을 향해 나아가 보자꾸나.

우리 아들 파이팅! -아빠가-